Ha...
"tout un monde d'évasion

Il y a des jours où tout va bien...
Il fait beau, vous vous sentez jolie,
pleine d'énergie, de dynamisme.
Alors, vous plongez avec enthousiasme
dans un nouveau roman Harlequin,
dont l'héroïne, comme vous,
rayonne d'audace et de joie de vivre !

Il y a des jours où tout va mal...
Il pleut, et les nuages vous brouillent le teint.
Tout le monde est maussade ; vous aussi.
Alors, ouvrez vite un nouveau roman Harlequin.
Vous y trouverez le soleil, la passion,
l'optimisme dont vous avez besoin.
Vous oublierez tous vos soucis.

Quelle que soit votre humeur,
gaie ou triste, tendre ou folle,
Harlequin vous offre chaque mois
des heures de détente et d'évasion...

Partez avec Harlequin,
le temps d'un roman.

Sérénade à l'italienne

Elizabeth Ashton

© 1979, Elizabeth Ashton.

HARLEQUIN

Cet ouvrage a été publié en langue anglaise
sous le titre de :

THE GUESTING HEART

© 1978, Elizabeth Ashton
© 1983, Traduction française : Edimail S.A.
53, avenue Victor-Hugo, Paris XVIe - Tél. 500.65.00
ISBN 2-280-000132-2
ISSN 0182-3531

1

En engageant Claire Underwood comme secrétaire,
Monica Cullingford, la célèbre romancière, l'avertit
qu'elle devrait se mettre à sa disposition deux soirées
par semaine, en sus de son travail quotidien.

Les mardis et les jeudis, Monica recevait. Elle s'entourait d'une cour uniquement composée d'hommes.
Ecrivain de renommée internationale, elle se prenait
volontiers pour une Mme de Staël moderne, étoile d'un
salon littéraire.

Ces soirs-là, Claire avait pour mission de s'occuper
discrètement des invités et veiller à ce qu'ils ne man-
quent de rien. Au cours de ces réceptions, la jeune fille
avait espéré rencontrer des gens de lettres, à la personnalité fascinante. Quelle ne fut pas sa déception lorsqu'elle constata que la plupart de ces messieurs étaient
en réalité des pique-assiette, attirés davantage par le bar
de Mme Cullingford que par leur hôtesse elle-même !

Cette dernière paraissait ne pas s'en rendre compte.
Elle désirait avant tout être entourée et adulée, ne se
lassant pas des compliments, même hypocrites...

Claire assistait de loin à ce spectacle, reléguée dans
un coin de la pièce, près du buffet. Elle comparait ces
hommes à un essaim d'abeilles voraces. Ils se prétendaient tous poètes ou auteurs mais n'avaient pas le
moindre succès...

Eustace Forbes était l'un des plus assidus. Irlandais à la barbe et aux cheveux roux, il se vantait de ressembler à son illustre compatriote, aujourd'hui disparu, G.B. Shaw. Hélas pour lui, la similarité de leur physique était leur unique point commun, car les écrits de M. Forbes étaient exécrables.

Marcel Durand, un français aux manières obséquieuses, participait souvent à ces petites soirées. Il menait grand train de vie mais personne ne savait d'où il tirait ses revenus importants. Ce groupe de parasites comprenait également un individu à l'aspect famélique, poète de son état, qui subsistait uniquement grâce aux cocktails offerts par Monica. Il n'était pas le seul...

Tous ces invités ignoraient la jeune fille et ne l'approchaient que pour lui demander de remplir à nouveau leur verre. Même si elle en avait éprouvé le désir, comment Claire aurait-elle pu séduire un de ces hommes ? Monica Cullingford ne lui avait-elle pas recommandé de ne faire aucun frais de toilette ? Sa jeune employée revêtait donc toujours une robe sombre de coupe sévère. Elle ramenait son abondante chevelure en un chignon strict et ne portait aucun maquillage. Monica n'aurait pas supporté l'idée d'héberger une rivale sous son propre toit.

Heureusement, le travail de Claire présentait de précieux avantages. Le matin, elle se contentait de prendre des notes sous la dictée de son employeur, l'après-midi de taper les manuscrits de Monica à la machine. Le reste du temps, Claire était libre d'aller et de venir à sa guise, disposant de trois soirées et de tous ses week-ends. Comme elle attendait avec impatience ces moments où, enfin seule, elle pouvait profiter des charmes de la Côte d'Azur !

Attirée par la perspective d'un long séjour dans le sud de la France, Claire avait accepté ce poste de secrétaire avec enthousiasme. Elle avait quitté sans regret sa triste banlieue de Manchester. Quel contraste entre ces deux endroits ! Tout ici l'enchantait : la mer, le soleil, la végétation luxuriante, et, le soir, Monaco qui, au loin, brillait de mille feux. Elle se croyait au paradis !

La plupart des romans de Monica se déroulaient dans ce décor de rêve.

Pourquoi Claire, à son tour, ne choisirait-elle pas cet endroit idyllique pour situer l'intrigue du roman qu'elle était en train d'écrire ? Elle en avait esquissé le plan, le soir, seule dans sa chambre et elle était assez satisfaite du résultat. Comme son employeur, Claire possédait un style agréable et un talent certain pour les dialogues. Cependant, une chose essentielle lui manquait. Comment pouvait-elle parler de l'amour, elle qui n'avait jamais éprouvé ce sentiment ?

La vie qu'elle menait en Angleterre ne lui laissait guère le temps de se distraire. Il fallait avant tout subsister et la jeune fille s'était résolue à trouver du travail dès la fin de sa scolarité. Grâce au cours du soir, elle avait obtenu un diplôme de dactylographe puis un emploi de secrétaire dans un bureau.

Un jour, elle avait répondu à une petite annonce parue dans la rubrique des offres d'emploi d'un journal régional. Quelle ne fut pas sa surprise en apprenant sa sélection parmi de nombreuses candidates ! Son effacement et sa timidité apparente avaient plu à Monica. Ainsi la jeune Anglaise ne pourrait l'éclipser dans ses soirées…

Claire se sépara de ses parents non sans réticences. Elle était fille unique et sa mère lui fit le reproche de les abandonner. Son père, en revanche, l'encouragea.

— Laisse-la partir, avait-il dit à sa femme. Notre Claire mérite une récompense. Elle a travaillé dur. Un jour ou l'autre, elle reviendra…

Claire s'envola pour la Côte d'Azur qu'elle connaissait seulement de nom et pensait ne jamais découvrir.

Monica Cullingford était une grande femme, assez jolie. Bien qu'ayant dépassé la quarantaine, elle adoptait des tenues vestimentaires d'adolescente. De nature indolente, elle affichait une haute opinion d'elle-même et de ses talents littéraires. Elle avait écrit plus de cinquante romans, tirés à de nombreux exemplaires. On la savait mariée, mais on ignorait ce qu'il était advenu de son époux. Monica parlait peu de sa vie privée. Claire, pour sa part, pensait qu'il s'était enfui, las des caprices répétés de sa femme. Mais quelle était la proportion des expériences vécues dans les intrigues sentimentales bâties par Monica Cullingford ?

Une chose demeurait certaine. La romancière avait au moins connu un amour, son mari. Elle bénéficiait d'un énorme avantage sur Claire, car cette dernière ne savait rien des hommes. Elle n'avait pas l'intention de se jeter dans les bras du premier venu, mais elle devait cependant fonder son roman sur la réalité.

Malheureusement, aucun des invités de Monica ne l'intéressait. De plus, ils étaient trop occupés à flatter la romancière pour prêter la moindre attention à son assistante. Si d'aventure, l'un d'eux se hasardait à lui adresser la parole, Monica le foudroyait du regard.

— Restez assis, mon ami, Claire va vous servir, c'est son rôle…

Il arrivait parfois qu'un spécimen plus attrayant vienne s'égarer dans cette jungle de talents médiocres, mais il ne revenait jamais. Comment les bavardages futile pouvaient-ils plaire à un homme d'esprit ?

Puis un soir, le tigre surgit…

Cette comparaison s'était imposée à l'esprit de la jeune fille dès que Christopher Raines apparut. Tout en lui respirait le calme et l'assurance. Il semblait rôder

8

autour de la pièce exiguë tel un félin aux aguets. Sa peau cuivrée, ses cheveux noirs bleutés faisaient ressortir ses yeux verts tachetés d'or et étirés vers les tempes.

Eustace Forbes le présenta à Monica.

— Monica, voici un de mes amis, M. Raines. Comme moi, il est auteur. La Côte d'Azur est l'endroit rêvé pour lui procurer l'inspiration nécessaire et vous, Madame, êtes la plus délicieuse des muses !

Dans un battement de ses faux-cils, Monica lui susurra en français :

— Enchanté de faire votre connaissance, monsieur Raines.

Chris s'inclina et serra la main tendue. Claire réprima un sourire. D'habitude, les admirateurs de l'écrivain lui baisaient la main…

— Asseyez-vous, ordonna sèchement la maîtresse de maison. Puis, se radoucissant :

— Claire, veuillez servir un verre à notre hôte. Whisky ?

— Volontiers, se contenta-t-il de répondre. Il s'enfonça dans un fauteuil moelleux, et se mit à détailler Monica d'un œil incrédule. Il faisait chaud et celle-ci portait une robe légère en tulle blanc. Le décolleté profond était en partie atténué par de lourds colliers qui masquaient la peau blanche. Ses poignets disparaissaient sous les bijoux. Dans ses cheveux épars, la jeune femme avait glissé quelques fleurs artificielles. Devant cette élégance un peu criarde, Chris ébaucha un sourire. La voix de Monica se fit câline.

— J'aurais dû me douter que vous aimiez le whisky…

— Le voulez-vous nature ? interrompit Claire.

Chris détourna la tête et leurs yeux se rencontrèrent.

— Avec des glaçons, s'il vous plaît, mais laissez-moi vous aider… Il se leva d'un bond et vint près d'elle.

— Versez-en une double dose, murmura-t-il à la jeune fille. J'ai besoin d'un stimulant.

Claire remarqua le ton ironique de Chris et le trouva mesquin de se moquer de son hôtesse, même si celle-ci était ridicule. Elle lui glissa à l'oreille :

— Il faut la flatter. Parlez-lui de son dernier roman, par exemple.

— Mais je ne l'ai pas lu ! Quel en est le titre ?

— «Fruits de la passion». A présent, il vaudrait mieux regagner votre place, on nous observe.

Le jeune homme haussa les épaules et revint s'asseoir, à mi-chemin entre Monica et Claire. De cette façon, il pouvait les voir toutes deux.

Claire se sentait troublée. Quel personnage hors du commun ! Elle aurait aimé discuter davantage avec lui. Il faisait preuve d'esprit et d'un grand sens de l'humour, autant de qualités qui manquaient totalement aux amis de Monica...

De son côté, la romancière n'était pas demeurée insensible au charme du nouveau venu. Elle n'avait d'yeux que pour lui.

— Vous êtes écrivain, monsieur Raines. Puis-je savoir ce que vous avez écrit ?

— Oh, uniquement des pièces sans importance...

— Mais vous perdez votre temps, mon cher, il n'y a aucun avenir dans ce genre de littérature. De plus, les critiques ont la dent dure avec les jeunes auteurs. Ils détruiront vos œuvres.

Chris feignit la plus grande surprise.

— Vraiment ? Je ne m'en serais pas douté !

— Pourquoi n'écririez-vous pas un roman ?

— Je suis très flatté, mais il s'agit là de votre domaine et je préfère ne pas m'y aventurer... Surtout après avoir lu «Fruits de la passion». Jamais je ne pourrais créer un tel chef-d'œuvre !

10

— Certes, admit Monica, votre talent ne saurait rivaliser avec le mien ; mais je suis prête à vous aider… A condition que vous cessiez de faire de la littérature. Il faut offrir aux lecteurs des livres qui les distraient agréablement.

Du regard, elle chercha l'approbation de sa cour.

— Vous permettez à des millions de gens à travers le monde de rêver, déclara Marcel Durand avec empressement.

Chris ne s'était pas départi de son ton moqueur.

— Des gens comme vous, madame, sont un bienfait pour l'humanité ! Quelle vie passionnante vous devez mener !

— Passionnante en effet ! Demandez à Claire. Je suis prête à tout pour ceux qui me lisent.

Elle soupira, puis conclut :

— Entre mes lecteurs et moi, c'est une véritable histoire d'amour !

A nouveau, Chris lança vers Claire un regard plein de dérision. Il se leva, sous prétexte de se resservir un verre.

La jeune fille lui chuchota sur un ton un peu sévère :

— Vous devriez avoir honte ! Vous moquer ainsi de votre hôtesse tout en buvant *son* whisky !

— Vous faites erreur, Mademoiselle. Je suis très heureux de rencontrer Monica Cullingford. Un tel personnage pourrait faire sensation dans une de mes pièces !

— Félicitations ! Vous ne fréquentez donc les gens que pour les caricaturer ?

Cependant, la jeune fille ne pouvait s'empêcher d'imaginer le résultat d'une telle démarche…

— Que voulez-vous, les gens représentent la matière première de mon travail. Je les utilise lorsqu'ils m'intéressent. Vous, par exemple…

11

— Moi ? Que pourriez-vous écrire à propos d'une fille aussi banale que moi ?

— Allons, ne soyez pas si modeste. Est-ce vous qui tapez à la machine les chefs-d'œuvre de ce génie ?

— C'est moi, en effet.

Claire ne connut pas le motif d'une telle question, car Monica rappelait Chris à ses côtés. Celui-ci regagna sa place à contrecœur.

Claire l'observait. Que venait chercher un homme d'une telle valeur dans un cercle aussi dénué d'intérêt ? Il semblait intelligent, brillant même, et appartenait, c'était certain, à la race des vainqueurs.

Eustace Forbes tira Claire de ses pensées en venant quérir un autre sherry. Remarquant la distraction de la jeune secrétaire, il lui murmura :

— Méfiez-vous de cet homme ; c'est un séducteur qui ne prend rien au sérieux. Il est habitué à obtenir tout ce qu'il désire, c'est évident. Regardez ses manières arrogantes et les tenues vestimentaires qu'il affiche.

Claire avait également remarqué ces détails. Bien que d'allure sobre, le costume de l'écrivain était de coupe impeccable et d'étoffe soignée.

Eustace poursuivit sur le ton de la confidence.

— Si je puis me permettre de vous donner un conseil, évitez ce Don Juan. Il constitue une menace pour toutes les femmes. Il serait désastreux de l'encourager !

Claire étouffa un petit rire. Elle glissa un regard vers Monica. Celle-ci paraissait trop occupée par la présence de Chris pour sentir les yeux de Claire posés sur elle.

— Merci de me prévenir, monsieur Forbes, mais je ne crains rien. Celui que vous qualifiez de Don Juan se rend à peine compte que j'existe. En outre, je doute que nous le revoyons un jour…

— Qui sait ? lança l'Irlandais en s'éloignant…

Claire examina de nouveau Chris. Celui-ci était submergé par les attentions de Monica. L'avertissement donné par Eustace Forbe intriguait la jeune fille, attisant sa curiosité. Christopher Raines avait-il éveillé sa sensibilité de femme ? Correspondait-il au modèle recherché par Claire pour servir la véracité de son livre ?

Les soirées de Monica se prolongeaient rarement au-delà de minuit. Les invités de la romancière entamèrent une partie de cartes à laquelle Chris ne se joignit pas. Il prétexta une intense fatigue et se retira. Cette fois, il baisa la main de son hôtesse.

— Revenez nous voir bientôt, monsieur Raines. Cette maison est la vôtre.

Chris s'inclina.

— Vous êtes trop aimable…

Saluant Claire d'un petit signe de tête, il disparut.

Après son départ, Claire ressentit une impression de vide.

— Ce jeune homme est totalement dépourvu de talent ! Il ne possède pas la moindre de chance de réussir. Cependant, il est très décoratif…

Tous les amis de Monica approuvèrent ce jugement.

Claire demeurait silencieuse. Qui son opinion aurait-elle pu intéresser ? Elle trouvait Monica mesquine et hypocrite. Chris, c'était évident, avait d'excellentes qualités d'observation et de narration.

La maîtresse de maison se retira aussitôt après ses invités. Claire éprouva le désir de se promener dans le jardin qui entourait la villa. Celle-ci était juchée sur une colline surplomblant la mer. Au loin, on distinguait les lumières de Monaco et celles, plus diffuses, de Nice.

Habituée à vivre dans des demeures plus modestes, la jeune fille appréciait la situation exceptionnelle de la maison louée par Monica. Cette féerie nocturne l'enchantait !

La jeune fille eut envie de s'aventurer plus loin. Elle

emprunta le chemin sombre qui s'enfonçait dans la montagne. Claire distinguait à peine les rangées de pins qui le bordaient. Tout à coup, alors qu'elle avançait en tâtonnant, une voix la fit sursauter.

— Quelle heure tardive pour une promenade solitaire !

La jeune fille identifia aussitôt le propriétaire de ces accents moqueurs.

— Monsieur Raines ! Je vous croyais parti.

— Je suis déjà de retour. Je ne parvenais pas à trouver le sommeil. Pardonnez mon indiscrétion, Mademoiselle, mais est-ce raisonnable de fixer un rendez-vous dans un endroit aussi solitaire ? Puis-je connaître le nom de l'heureux élu ?

— Je n'attends personne. Je flâne un peu, voilà tout. Il fait si bon…

— Me permettrez-vous de vous tenir compagnie ? Ce lieu manque une peu d'animation… Si nous allions à Nice par la route qui longe la mer ?

— C'est une excellente idée, mais je n'ai pas de voiture…

— La mienne ne vous plaît-elle pas ? fit-il en désignant une superbe automobile d'allure sportive.

Claire hésitait. La sagesse lui conseillait de rentrer se coucher. La surprise inespérée de l'invitation la pressait d'accepter.

— Savez-vous bien qui je suis, monsieur Raines ? Etes-vous bien sûr de ne pas vous méprendre ?

— Certainement pas. Vous vous prénommez Claire et vous avez gentiment pris soin de moi ce soir.

Au même moment, ils levèrent la tête. Le ciel était parsemé d'étoiles.

Chris rompit le silence.

— Connaissez-vous la Promenade des Anglais ?

Claire ne sortait jamais le soir.

14

— Je n'ai pas encore exploré la ville… Après la tombée de la nuit.

— C'est parfait. Je vais vous servir de guide.

Saisissant fermement la jeune fille par le coude, Chris la mena jusqu'à son véhicule. Il lui ouvrit galamment la portière.

Devant tant d'attentions, Claire ressentit une impression de gêne. Elle n'avait pas l'habitude de se faire choyer ainsi. Selon elle, de telles pratiques étaient d'ordinaire destinées à un type de femmes arrogantes et sophistiquées que la petite secrétaire méprisait profondément…

Ils arrivèrent enfin dans le centre ville.

Le spectacle qui s'étalait devant ses yeux révélait à Claire un monde totalement différent. Jamais elle n'avait contemplé aussi intensément une simple artère. Partout, ce n'étaient que néons, enseignes bariolées de casinos, hôtels prestigieux, boutiques de luxe.

— Si nous prenions un verre à une de ces terrasses ?

Claire se sentit misérable.

— Mais je ne suis pas habillée… et puis il est trop tard.

— Ne vous inquiétez pas, je vous raccompagne aussitôt après. Quant à la toilette, vous êtes vêtue très correctement. A ce propos, pourquoi portez-vous des robes si sévères ?

— Je ne peux pas faire autrement. Celles-ci conviennent à ma situation modeste. Je vous l'ai déjà dit, Monsieur Raines, je crains que vous ne fassiez erreur sur ma personne.

Il préféra éluder ce problème.

— Trouvons un bar, voulez-vous ?

Claire ne répondit pas. Elle n'aurait jamais dû accepter de sortir avec Chris. Parmi toutes ces femmes si élégantes, elle paraissait ridicule.

15

A sa grande surprise, le jeune homme semblait ne pas prêter la moindre attention à ces créatures sophistiquées. Prenant doucement le bras de Claire, il la dirigea vers un petit café d'allure simple. En face, un palace étalait son luxe tapageur. Ils s'installèrent en terrasse.

Claire observait les passants. Elle enviait leur peau hâlée et la nonchalance qu'ils affichaient. Quelques notes de musique leur parvinrent. Un orchestre de jazz jouait un air familier.

— Etes-vous heureuse ? murmura Chris en remplissant à nouveau leur verre.

— Je sors si rarement. Je me sens un peu revivre, et cela grâce à vous.

Rassemblant son courage, elle fixa son compagnon dans les yeux.

— Quelle sorte d'homme êtes-vous donc, monsieur Raines ? Vous vous prétendez écrivain modeste, cependant vous possédez une voiture coûteuse, semblez aimer le luxe et le vin millésimé…

— Tout cela est fort bien observé, mademoiselle la détective. Vous feriez un excellent auteur de romans policiers.

Il fit une grimace, puis poursuivit :

— C'est exact, j'aime les belles choses et lorsque je suis en vacances, je n'ai pas pour habitude de m'en priver.

— Mais il faut trouver l'argent…

— Il est vrai que nous autres artistes devrions loger dans des mansardes et vivre de pain sec et d'eau !

— Ce n'est pas ce que je voulais dire…

— Je vais vous avouer la vérité. Ces derniers temps, la veine m'a souri et je puis donc m'accorder quelques faveurs.

— Peut-être n'aurez-vous point autant de chance à l'avenir…

16

— Vous voyez tout en noir, petite hirondelle de malheur, lança Chris sur un ton taquin. Il ne faut songer qu'au présent, qu'à ce soir.

Claire souhaitait suivre le conseil de Chris! Son éducation sévère ne lui permettait hélas pas de profiter du moment actuel. Elle s'inquiétait toujours pour le futur...

— Ne vous moquez pas de moi, monsieur Raines. Je ne suis pas une fille très intéressante, je le reconnais.

— Taisez-vous, petit oiseau. Je dois toutefois admettre depuis très longtemps ne pas avoir rencontré quelqu'un comme vous.

— Oh, il en existe bien plus que vous ne l'imaginez. Regardez autour de vous ! Bien sûr elles n'évoluent pas dans le même monde que vous.

— Vous invoquez une raison excellente...

— Est-ce pour me caricaturer dans une de vos pièces que vous vous donnez la peine de sortir avec moi ?

L'effet euphorisant de l'alcool aidait Claire à vaincre sa timidité.

— Au risque de vous choquer, je préfère vous répondre franchement. Mes lecteurs ont un goût plus marqué pour des héroïnes plus modernes.

— Qu'est-ce qui vous fait croire que je ne le suis pas ?

— Pourquoi semblez-vous si... discrète ?

Claire ne put s'empêcher de rougir.

— Au service de Monica Cullingford, la discrétion est requise.

— Il ne faut en aucun cas porter atteinte à sa souveraineté ! rétorqua Chris avec un sourire ironique. Vous n'avez pas à avoir honte de ce que vous êtes. Ma petite hirondelle éclipserait mille fois les charmes de Monica... si elle voulait seulement s'en donner les moyens !

Claire demeurait silencieuse, ne sachant que croire.

— Je suis très sérieux. Vous possédez des yeux magnifiques. Pourquoi ne laissez-vous pas vos cheveux épars ? Quant aux toilettes, essayez des couleurs vives, elles vous siéraient à merveille.

— Pourriez-vous me dire pour qui j'entreprendrais tous ces efforts ? Je ne sors avec personne !

Le jeune homme feignit la colère.

— Vous ne m'accordez aucune place dans vos pensées ?

Elle explosa, incrédule.

— Vous ? Mais je vous connais à peine…

— J'espère que cette lacune sera vite comblée, fit-il, sur un ton assuré.

— Qu'attendez-vous de moi ? Comment puis-je vous intéresser ?

— Je ne m'entoure pas de gens uniquement par intérêt. Je ne m'appelle pas Monica Cullingford !

Le nom de son employeur fit frémir la jeune fille, et lui rappela qu'elle devait rentrer.

— Il faut que je me sauve !

L'enchantement apporté par ces quelques moments passés avec Chris disparaissait déjà. Le caprice du jeune auteur ne se reproduirait certainement plus jamais. Elle s'était montrée tellement naïve et stupide tout au long de la conversation ! Chris côtoyait assurément des gens plus amusants qu'elle ! Comme il devait être déçu !

Ils roulèrent sans dire un mot. Claire en profita pour laisser libre cours à son imagination fertile : Chris serait amoureux d'elle, la prendrait avec fougue dans ses bras. Toutes ses pensées étaient ridicules ! Elle en rougit de honte.

Arrivé devant la villa, Chris rangea la voiture.

Devant le mutisme de la jeune fille, il rompit le silence.

— J'espère que nous nous reverrons, lâcha-t-il évasivement.

— Vous… ne m'embrassez pas ? s'enhardit-elle brusquement.

Elle était effarée de sa propre audace.

Il se retourna, surpris.

— Si vous y tenez…

— Je pensais qu'il était habituel à l'issue d'une soirée… Mais si vous ne voulez pas… balbutia-t-elle, profondément humiliée.

Sans lui accorder un regard, elle ouvrit la portière.

— Attendez…

Le jeune homme la retint et l'embrassa doucement. Claire en éprouva une amère déception. Elle s'attendait à une étreinte infiniment plus enthousiaste, plus passionnée.

Chris détacha enfin ses lèvres des siennes.

— Bonne nuit, petite hirondelle.

La jeune Anglaise se rendait bien compte que Chris avait accompli ce geste uniquement pour lui faire plaisir. A présent, il désirait partir. Pourquoi rester davantage alors qu'il n'en ressentait pas la moindre envie ?

Elle sortit prestement du véhicule. Quelques secondes après, il démarrait, sans se retourner, elle se dirigea vivement vers la maison.

En fermant les volets de sa chambre, elle aperçut les phares de l'automobile qui éclairaient les flancs de la colline…

Chris se montrait charmant et attentionné. Mais ne comprenait-il pas que Claire espérait un sentiment plus intense de la part du jeune écrivain ?

Elle s'endormit, le cœur rempli de désirs inassouvis…

2

Les trois jours qui suivirent cette fameuse soirée chez Monica s'écoulèrent sans surprise. Le samedi après-midi, Claire se rendit à Nice en autocar. Elle chercha immédiatement le café qui les avait réunis, Chris et elle. L'image de l'écrivain ne quittait plus ses pensées…

Pendant la journée, la ville semblait si différente. L'animation nocturne cédait la place à une douce torpeur. Le charme définitivement rompu de ce lieu poussa Claire à s'acheminer vers le quartier commerçant. Dès l'ouverture des boutiques, la jeune fille se précipita afin d'acheter une robe en cotonnade de couleur vive. A cette emplette, elle ajouta également un pantalon de toile fine. Ces acquisitions provoquèrent un trou énorme dans son budget. Claire essayait de préserver une somme raisonnable sur son salaire en prévision du jour où Mme Cullingford déciderait de se passer de ses services. A moins que se produise le cas inverse…

De retour à la villa, Claire s'enferma dans sa chambre pour contempler sa nouvelle image dans le miroir. Elle sourit, satisfaite de ses achats. Elle découvrait une autre femme, semblable à celles qui fréquentaient le soir les rues de la ville. Chris avait deviné juste. Les tons colorés de la robe ôtaient à la jeune fille son aspect timide et puritain. Elles donnaient vie à la silhouette gracile.

Il paraissait toutefois hors de question que Monica

l'autorise à porter ces toilettes chez elle… En tout cas, pas devant ses invités !

Contre toute attente, Chris ne réapparut pas chez Monica le mardi soir suivant…

Avait-il décidé de fuir la morne civilisation ?

Claire se coucha, faisant son possible pour l'oublier. Quelle déception ! Cette soirée passée auprès du jeune homme resterait donc un rêve sans lendemain ! Cependant, cette brèche ouverte dans sa vie monotone laissait une plaie dans le cœur meurtri de la jeune Anglaise. Elle ne put se résoudre à dormir. Relisant le début de son essai littéraire, elle n'y trouva aucune trace de vraisemblance. Comment pouvait-on décrire des sentiments inconnus ? La plupart des romancières entretenaient des relations sentimentales intenses. Leurs succès littéraires en dépendaient. Les lecteurs devaient s'identifier à l'héroïne ou au héros, fruits de l'imagination mais aussi de l'expérience de l'auteur. Chris et ses baisers - peut-être plus tendres à l'avenir - aideraient énormément Claire dans son entreprise. Elle écrivit sans relâche. Quand elle quitta son bureau, épuisée, il faisait jour.

« Chris aura, sans le vouloir, contribué à mon roman », se plut-elle à penser. Mais elle se sentait insatisfaite, trahie. Serait-elle toujours condamnée à une existence morne et dépourvue de passion ? L'amour ne viendrait-il jamais au rendez-vous ?

Chris réapparut le vendredi suivant. Monica l'accueillit avec enthousiasme.

— J'étais certaine que vous reviendriez !

— Madame, vous m'attirez, tel un aimant…

Claire fut la seule à relever l'étincelle de malice qui traversa les yeux du jeune écrivain. Sans attendre qu'il le réclame, elle lui porta un verre de whisky. Elle évita ses regards et ils n'échangèrent pas une parole. Mme Cullingford les espionnait sans cesse.

Un peu plus tard, Chris profita du brouhaha précédant la mise en place des joueurs de bridge pour se diriger vers Claire.

— Quand êtes-vous libre ? lança-t-il sèchement.

Claire ne s'attendait pas à tant de précipitation. Elle se sentit paralysée par la présence du jeune homme et par sa question. Son cœur battait à tout rompre.

— Cela dépend, se contenta-t-elle de répondre.

— Si je vous fixe un rendez-vous, serez-vous capable de venir ?

— Bien sûr !

Comme à son habitude, Monica veillait. Elle intervint dans leur discussion et s'adressa à Chris.

— Venez-vous joindre à nous, nous manquons de partenaires.

Il s'exécuta, non sans glisser à Claire :

— Dimanche après-midi à trois heures, au bout de l'allée, cela vous convient-il ?

— J'y serai, murmura-t-elle rapidement.

Ne sachant que faire, Claire concentra son attention sur les joueurs. Monica s'agitait, car elle perdait. Comment pouvait-elle à la fois se concentrer sur le jeu et parler sans arrêt ? Décidément, que cette femme était vaniteuse ! Elle jura secrètement de ne jamais devenir comme Mme Cullington, fût-elle un jour aussi célèbre…

Au cours de la conversation, Chris dut décliner une invitation de Monica. Celle-ci désirait que tous deux aillent le dimanche suivant à Monaco où ils rencontreraient un metteur en scène connu dans les milieux du cinéma.

— C'est très aimable à vous de me le proposer, mais je suis déjà pris.

— Décommandez-vous. Cette occasion est peut-être la chance de votre vie… Si vous possédez quelque ambition.

22

— N'insistez pas, ce n'est pas la peine.

— Tant pis pour vous, vous me décevez…

Claire assistait à la confrontation, pensive. Avait-elle bien entendu? Chris refusait-il une telle opportunité pour se consacrer à elle?

Monica voulut en savoir davantage.

— Dois-je en conclure qu'il s'agit d'une rencontre galante?

— Je préfère ne pas répondre, madame.

— Si c'est le cas, vous le regretterez. Des occasions comme celles-ci ne se présentent qu'une fois. Quant aux femmes, il en existe des milliers.

— Je pensais naïvement que l'auteur de «Fruits de la passion» croyait en l'amour?

— Ne confondez pas romance et réalité.

Chris refusait de capituler.

— Ainsi l'amour n'est pas une réalité?

— Quelle est votre opinion sur ce sujet?

— Personnellement, ce sentiment est la plus infime de mes préoccupations…

Claire releva la dernière réflexion du jeune homme. Elle fut étonnée par tant de froideur et de désabusement.

La jeune Anglaise passa la matinée du dimanche à taper à la machine. Vers midi, elle déjeuna légèrement, puis monta dans sa chambre. Avec bonheur, elle revêtit sa nouvelle robe et libéra sa chevelure brune. Les boucles épaisses tombèrent sur ses épaules nues. Elle acheva sa toilette par un maquillage léger et cacha son regard sous d'immenses lunettes noires.

A trois heures, elle descendit lentement l'allée.

La voiture de Chris déboucha en trombe sur le petit chemin et manqua la renverser. Le conducteur freina, sortit vivement et se dirigea vers Claire.

— Pardonnez mon imprudence, mademoiselle, je ne

vous avais pas vue. Vous n'avez rien de blessé, j'espère…

La jeune fille ôta ses lunettes.

— Vous ne me reconnaissez pas, monsieur Raines ?

— Mon Dieu, est-ce vous ? Que vous est-il arrivé ?

— J'ai suivi vos conseils. Que pensez-vous de la nouvelle Claire ?

— Mon avis a-t-il tant d'importance à vos yeux ?

— Vous êtes l'unique personne à qui ces efforts soient destinés.

— Je vous trouve tout à fait charmante…

Chris se ressaisit aussitôt.

— Montez vite, ou nous allons provoquer un embouteillage !

Il s'empara de son bras d'un geste agile et l'entraîna vers le véhicule. Il lui ouvrit galamment la portière et elle s'installa sur le siège avant.

— Pouvez-vous me dire où nous allons ?

— En Italie. Avez-vous votre passeport ?

Claire acquiesça et le tira de son sac.

— Parfait. Nous ferons une première étape à Menton, puis une autre à San Remo. Cette ville possède un casino splendide.

— Je ne joue pas, avoua-t-elle timidement.

— Peut-être alors me porterez-vous chance… Votre tenue est idéale pour fréquenter ce genre d'endroit…

— Vous n'aimez pas ma robe ?

— Je pense qu'elle ne convient pas à votre style. Excusez ma franchise, mais je flatte rarement les gens… Surtout ceux qui m'intéressent.

Chris conduisait habilement à travers les rues étroites de Monaco. Au loin, le palais princier se dressait fièrement sur son rocher.

Les jeunes gens s'engagèrent sur la route côtière.

— Ce serait un crime de prendre l'autoroute ! lança-t-il en souriant.

L'écrivain semblait parfaitement détendu. Claire savourait ces instants de bonheur. Noble et massive, la citadelle leur annonçait déjà la ville de Menton. De nombreux citronniers coloraient gaiement le paysage.

Chris gara la voiture et tous deux firent quelques pas jusqu'à la mer. Ils s'assirent sur le sable, à l'écart des baigneurs. L'eau étincelait de reflets émeraude et turquoise.

— Désirez-vous savoir ce que je reproche à votre toilette ?

Chris abordait de nouveau ce délicat sujet.

— Elle est trop moderne. Vous devriez porter des vêtements plus sobres, plus élégants. Les tenues classiques ne sont pas nécessairement tristes. Quant à vos cheveux…

Il se pencha vers Claire et releva délicatement quelques mèches.

— Pourquoi ne les coupez-vous pas un peu ? Votre délicieux visage n'en serait que davantage mis en valeur. Un dernier conseil, si vous permettez, Claire. Enlevez ces horribles lunettes noires. Vous avez de si beaux yeux !

— Que ferais-je sans votre aide, monsieur Raines. Vous êtes un expert en mode féminine !, jeta-t-elle sur un ton ironique.

— Vous me surestimez ! Je suis simplement convaincu que les vêtements doivent épouser la personnalité de chacun. Je choisis toujours avec soin le costume de mes héroïnes.

— Mais je ne suis pas une actrice et n'ai aucun désir de paraître sur scène !

— La vie n'est qu'un immense théâtre ! Faites-moi

plaisir, petite hirondelle, essayez d'y bien tenir votre rôle.

— J'essaierai, cher professeur! Une chose m'intrigue cependant. Pourquoi recherchez-vous ma compagnie?

Pour toute réponse, Chris s'allongea sur le sable et ferma les yeux.

— Nous parlons trop. J'apprécie la compagnie des femmes qui savent également garder le silence.

— En rencontrez-vous beaucoup?

— Enormément, rétorqua-t-il, laconique. C'est parfois si monotone...

— Cela me semble dommage, laissa tomber la jeune secrétaire.

— Plaignez-vous mes anciennes conquêtes?

— Elles ne m'intéressent pas du tout. Je songe au roman que je suis en train d'écrire.

La réaction de son compagnon ne se fit pas attendre.

— Vous écrivez?

— Parfaitement. Et n'essayez pas de m'en dissuader! Je connais les difficultés de ce métier aussi bien que vous. Je ne recherche pas la gloire, mais je dois admettre que l'argent m'intéresse.

Claire ramena ses genoux sous son menton. Elle attendait la réponse du jeune homme.

Celui-ci explosa, incrédule.

— Je n'en crois pas mes oreilles! Vous, Claire Underwood, inventant des histoires d'amour! Je n'y aurais jamais songé!

— Je manque d'expérience, il est vrai, mais je ne demande qu'à m'enrichir dans ce domaine.

Chris éclata d'un rire clair.

— Est-ce pour votre roman que vous avez sollicité un baiser l'autre soir? Dois-je en conclure que vous seriez prête à suivre n'importe quel passant... pour écrire une œuvre populaire?

26

— Soyez indulgent, monsieur Raines, je dois apprendre…

— Mais, petit oiseau, les écrivains n'ont pas besoin d'expérimentations pour faire preuve de vraisemblance. Il leur suffit d'imaginer les situations. Monica sait-elle que vous lui faites concurrence ?

— Oh non ! Elle me congédierait immédiatement !

— Vraiment ? Elle aurait tort de se priver de vos précieux services !

— Je ne tiens pas à effectuer ce travail toute ma vie.

Chris considéra longuement la jeune fille.

— Qu'en pense votre famille ?

— Mes parents sont loin. Ils ne sont pas au courant de mes activités littéraires.

Elle soupira avant de poursuivre :

— Je ne souhaite pas vivre comme eux. Je les aime énormément, mais ils ne font preuve d'aucune ambition. Papa regarde sans arrêt le football à la télévision et maman passe tout son temps dans la cuisine.

Elle se tut un instant. Claire se remémorait le lieu où elle avait grandi, le climat toujours maussade, les rangées de maisons ouvrières…

Devant tant d'émotion, Chris s'excusa d'avoir abordé cette question.

— Pauvre petite fille ! Ne pensez plus à tout cela ! Voyez comme tout est beau ici ! Avez-vous un soupirant à Manchester ?

— Je ne suis pas une personne que l'on remarque…

— Les amis de Monica n'ont-ils pas cherché à faire votre connaissance ?

— Vous les avez rencontrés ! Aucun d'eux n'est digne d'intérêt. Ce sont tous des parasites !

— C'est exactement mon opinion.

— Je vous trouve différent…

— Vous me faites un plaisir immense.

Il jeta un caillou dans l'eau, l'air songeur.

— Vous m'aviez parlé d'une part de chance dans votre carrière… Méfiez-vous, elle peut également se retirer très vite.

— Quel sens pratique ! Je devrais vous confier les cordons de ma bourse. Vous semblez avoir des dispositions dans ce domaine !

Claire ne releva pas l'ironie mordante du jeune homme. Cependant, l'idée d'une collaboration entre elle et Christopher lui plaisait…

— N'êtes-vous pas marié ou simplement… fiancé ? s'enquit-elle.

— Dieu m'en garde ! Contrairement à vous, les femmes que je fréquente se plairaient trop à dépenser tout ce que je possède !

— Je vous comprends, mais c'est de votre faute. Si vous côtoyez uniquement des femmes du monde, il vous en coûtera très cher.

— Que savez-vous de mes goûts concernant le sexe faible !

Claire pensait aux conversations qu'elle avait déjà eues avec Chris à ce sujet. N'admettait-t-il pas alors apprécier la compagnie de femmes plus sensuelles et plus modernes qu'elle ? Claire saisit une poignée de cailloux qu'elle s'apprêtait à lancer dans la mer. Avant qu'elle ait pu faire ce geste, la main du jeune homme se referma sur la sienne.

— Arrêtez de jouer avec ces pierres. J'ai une proposition sérieuse à vous soumettre.

Claire retint sa respiration, regardant fixement les doigts qui emprisonnaient les siens. La jeune fille tremblait légèrement. Avait-elle trop parlé ? Chris prendrait-il ses confidences pour une invite ? Semblant lire ses pensées, son compagnon eut un rire sardonique.

— Ne vous inquiétez pas, je n'ai pas l'intention

28

d'abuser de vous. Je voulais simplement savoir si vous étiez prête à changer d'employeur.

— Je ne pense pas. Monica Cullingford me traite assez bien et me donne un bon salaire.

— Ne préféreriez-vous pas travailler pour une homme ? C'est le choix de la plupart de vos collègues féminines.

La jeune fille devinait la pointe d'ironie qui perçait sous les propos de Chris. Elle se mit à l'examiner, le trouvant, décidément, très séduisant. De ses traits virils, se dégageait une impression de force et d'autorité qui la subjuguait. Sa peau halée mettait en valeur l'éclat de ses prunelles dorées. Indéniablement, cet homme provoquait chez elle un trouble qu'elle n'avait jamais connu auparavant. Le plus souvent, son regard s'éclairait d'une lueur de malice. «Quelle personnalité fascinante», pensa Claire tandis qu'elle tentait de réfléchir à la proposition du jeune écrivain.

— Je ne suis pas de l'avis de mes consœurs. Je trouve les hommes beaucoup plus exigeants !

— Certaines femmes le deviennent également !

— Mais elles ne peuvent jamais se montrer dangereuses !

Claire laissa échapper ces mots presque inconsciemment, et se mordit les lèvres.

Chris réagit aussitôt.

— Que craignez-vous donc ? Mon offre est très honnête. Vos tâches seraient uniquement celles d'une secrétaire.

Les joues de Claire s'empourprèrent et Chris grimaça perfidement avant de conclure :

— Vous partageriez ma maison, pas mon lit…

— Cela signifie que je devrais habiter chez vous ?

— Comment faites-vous chez Monica, ne vous loge-t-elle pas ? Nous resterions dans la région. A moins que vous ne préfériez retourner en Angleterre ?

Claire leva immédiatement les yeux vers le ciel. Elle fut éblouie par son bleu intense. La mer brillait de mille reflets argentés. Comment pourrait-elle quitter ce décor paradisiaque pour un environnement maussade et un froid humide ?

— Laissez-moi un peu de temps pour prendre ma décision. J'aimerais également obtenir un peu plus de détails sur ma vie future… Ma situation sera-t-elle plus intéressante que chez Mme Cullingford ?

— Sincèrement, je pense que vous ne regretteriez pas d'accepter. Mais je ne peux attendre trop longtemps une réponse…

— Vous me demandez réellement de rentrer à votre service… Ce n'est donc pas une plaisanterie…

— Je ne pourrais être plus sérieux.

Claire rit joyeusement.

— Auriez-vous la possibilité de payer une employée ?

— Vous souciez-vous uniquement de problèmes matériels ? Ne travailleriez-vous pas par amour pour moi ?

— Certainement pas. Je dois assurer ma subsistance. Mme Cullingford me paye fort généreusement.

— Quelle somme princière vous alloue-t-elle, si cela n'est pas indiscret ? s'enquit-il sur un ton ironique.

Claire l'informa du montant.

— Je vous en donnerai le double, fit-il posément.

— Ne soyez pas absurde ! lança la jeune fille, exaspérée.

Pendant un moment, elle avait pris le jeune homme au sérieux. Devant le chiffre annoncé, elle se douta qu'il se moquait d'elle.

— Je suis peiné par votre réaction, lâcha-t-il tristement.

— Je ne mérite pas un tel salaire ; de plus, vous ne

30

seriez même pas capable de me rémunérer autant, et ce chaque mois !

— Que savez-vous de mes revenus ?

— Mais tout le monde faisait remarquer, chez Monica…

— Je ne tiens pas à tenir certaines personnes au courant de mes ressources réelles. Je suis en vacances dans cette région, et je préfère voyager incognito.

— Je vois… rétorqua machinalement Claire. Elle resta songeuse. Disait-il la vérité ? Elle décida d'en savoir plus.

— Si je travaille pour vous, monsieur Raines, je tiens à tout connaître de votre vie privée…

— Petite curieuse ! Je vous ferai seulement part des détails qui vous concernent… Trouvez-vous mon offre moins aberrante ?

Elle le considéra un instant, perplexe.

— Je suis très tentée d'accepter. Après tout, ce qui m'importe est de percevoir régulièrement mes appointements. Le reste vous regarde…

Christopher Raines paraissait ravi.

— Oh, ma chérie, vous voilà riche !

— C'est vous qui devez l'être, monsieur Raines. Dépenser de telles sommes pour une secrétaire !

Elle essayait en vain d'obtenir quelques explications supplémentaires.

— Il n'existe plus d'hommes fortunés de nos jours ; les impôts ont changé bien des choses… Néanmoins, vous toucherez chaque centime de vos gages, petite fourmi économe !

— Très bien, répliqua Claire, évasive.

Chris poursuivait, inlassable.

— Me laisserez-vous vous prendre en main ?

Le regard de la jeune Anglaise s'assombrit. Quelle

était cette nouvelle lubie ? Elle se méfiait un peu des fantaisies de son futur employeur. Au même moment, il lui apparut clairement que Chris ne serait pas un simple épisode de sa vie.

— Expliquez-vous. Que devrais-je faire ?

Le ton nerveux de Claire déclencha l'hilarité de Chris.

— Cessez de me regarder avec une mine effrayée ! Je ne vous veux aucun mal, quand comprendrez-vous enfin cela ? Je tiens simplement à vous aider. Il la détailla des pieds à la tête. Ses yeux glissèrent le long de sa robe et de ses cheveux en désordre. Son visage prit une expression douce… Il murmura :

— Je ne veux pas vous froisser, mais en ce moment, vous ressemblez à une jeune fille de bonne famille qui se serait échappée d'un pensionnat.

— Oh !

Cette comparaison la blessa profondément. Elle avait pris tant de soin à choisir sa robe ! Auparavant, Chris critiquait ses tenues trop sévères. A présent, il lui reprochait de se vêtir comme une enfant. Claire ne savait comment interpréter les paroles de cet homme qui affirmait lui vouloir du bien…

Que comptait-il faire d'elle ? La remodeler selon ses désirs ?

— Il est évident que je ne porterai pas cette robe lorsque je serai à vos ordres…

Claire se remémora les fausses blondes aux ongles peints et au maquillage outrancier qui avaient suivi avec elle les cours du soir. Le choix des hommes d'affaires se portait toujours sur ce style de secrétaire. Le souhait de Chris était-il de transformer Claire en l'une de ces créatures sophistiquées ?

Le jeune homme la rassura aussitôt.

— Je n'ai pas l'habitude de donner des ordres à mon personnel. J'aimerais simplement que vous demeuriez vous-même tout en faisant votre possible pour devenir une parfaite collaboratrice. Vous en êtes parfaitement capable. Les vêtements et le maquillage ne sont que des détails, ma chérie.

— Vous ne devriez pas m'appeler ainsi, cela ne semble pas très correct, entre patron et employée.

— C'est une habitude très répandue dans la profession.

— Il est vrai que vous écrivez des pièces…

— Qui sont parfois jouées à l'étranger.

Claire eut un mouvement de surprise.

— Les talents d'auteur de Christopher Raines jouissent-ils d'une notoriété outre-Manche ?

— Je ne me plains pas…

— Expliquez-moi alors pourquoi vous perdez votre temps dans les soirées de Monica.

— La première fois, je m'y suis rendu par simple curiosité. La seconde fois, je me suis déplacé pour vous revoir.

Surprise, Claire balbutia.

— Moi ? Mais…

— Je cherchais une secrétaire efficace et j'ai pensé que vous me conviendriez.

— Mais vous ne saviez rien de mes possibilités…

— Travailler pour Monica Cullingford s'avérait une référence très sérieuse.

Après une courte pause, Chris prit un ton suppliant.

— Je vous en prie, petite hirondelle, acceptez mon offre, c'est très important pour moi… et pour vous.

— Laissez-moi réfléchir encore un peu, monsieur Raines.

La proposition semblait terriblement alléchante,

33

mais la jeune fille agissait peu par impulsion. Elle préférait la prudence…

Les yeux couleur d'ambre guettaient une réponse. Durant une seconde, Claire sentit toute résistance l'abandonner.

— J'accepte, lâcha-t-elle dans un souffle. Accordez-moi cependant un mois pour prévenir Mme Cullingford de ma décision.

— Vous êtes formidable ! Délai accordé, ma chérie !

La promesse faite par Chris de consentir à un mois de répit revêtait une grande importance pour Claire. Durant cette période de transition, la jeune fille espérait se reposer un peu tout en reconsidérant sa réponse hâtive. Au lieu de cela, elle fut précipitée dans un tourbillon d'événements inattendus qui la mirent rudement à l'épreuve.

Aussitôt après leur entrevue, Claire se mit en quête d'obtenir de plus amples renseignements sur son futur employeur. Pour effectuer cette enquête, il lui semblait bon de contacter M. Forbes qui se prétendait son ami intime.

Le salaire alloué par Chris représentait pour la jeune Anglaise un immense avantage. Depuis quelques mois, son père ne travaillait plus et Claire avait immédiatement décidé de lui envoyer régulièrement un mandat. Devant le refus escompté de sa famille à percevoir cette somme, Claire invoqua le peu de dépenses que sa qualité de pensionnaire occasionnait. Ce dernier argument n'était pas entièrement vrai. Elle se serait volontiers acheté davantage de toilettes et appréciait les sorties occasionnelles sur la Riviera. L'aisance financière que lui procurerait son nouvel emploi l'attirait, mais était-il raisonnable de se fier entièrement aux promesses de Chris ?

Lors de leur dernière sortie à Menton, puis en Italie, Claire, une fois sa réponse donnée, se heurta au mutisme de M. Raines. Celui-ci refusait de satisfaire la curiosité avide de sa compagne sur ses tâches à venir.

— Nous avons suffisamment évoqué le travail. Nous devons profiter au maximum de cette belle journée! Oublions les machines à écrire et autres instruments de la même espèce, voulez-vous?

Chris se révéla un compagnon idéal. Plein d'esprit, il savait profiter de chaque instant et le rendre unique; Claire se détendait progressivement et acceptait avec bonne humeur les appellations de «petit oiseau farouche» dont Chris la qualifiait. Elle devinait chez le jeune homme le plaisir de côtoyer une femme différente de celles qui évoluaient dans son milieu bourgeois. Le charme frais de la petite Anglaise possédait l'attrait de la nouveauté. «Une fois l'effet de surprise passé, pensait Claire, quelle sera l'attitude de Chris à mon égard?»

San Remo annonçait l'ultime étape de leur voyage en Italie. Ils se rendirent au casino, mais Chris ne joua pas. Il aimait le faste des soirées, des toilettes grandioses…

Sur le chemin du retour, ils s'arrêtèrent près de la frontière pour dîner. Chris connaissait un ravissant petit restaurant spécialisé dans la préparation des fruits de mer. Le menu excellent se composait de salades variées, de langoustes à la nage, accompagnées d'un vin délicieux. Chris prenait soin de remplir le verre de sa compagne, à peine celle-ci en vidait-elle le contenu. Peu habituée à l'alcool, la jeune fille voyait progressivement dans un brouillard léger tout ce qui l'entourait. Elle trouvait cette griserie fort agréable. Le décor modeste mais non moins exquis de l'auberge s'estompait sous un voile doré, grâce à la lueur des bougies. Chris lui-même devenait irréel, prenant les traits d'un jeune dieu descendu de l'Olympe pour honorer une mortelle…

La nuit était très avancée lorsque le couple regagna Monaco. Chris déposa Claire devant la villa plongée dans l'obscurité. Pendant le trajet, Claire n'avait cessé de songer à leur séparation. Chris allait-il l'embrasser, spontanément cette fois ? Elle essaierait de répondre à son baiser avec ardeur. L'effet soporifique de l'alcool l'empêcha de se concentrer davantage sur ses pensées. Chris l'aida à sortir de l'automobile. Claire chancelait, et avançait d'un pas mal assuré.

— Mon Dieu, qu'ai-je fait ? Je n'aurais jamais dû vous servir autant de vin !

Claire parlait lentement et par bribes.

— C'est… parfait. D'habitude je servais les autres mais… moi, je ne pouvais… rien boire… du tout… !

— Quelle mesquinerie de la part de Mme Cullingford !

Chris passa un bras ferme autour de la taille de Claire et la guida vers la maison. Il jeta un regard perplexe sur la bâtisse plongée dans l'obscurité. Il se sentit responsable de l'état de la jeune fille et ne voulut pas la laisser seule affronter Monica.

— Il faut… faire le tour, chuchota Claire.

— Est-ce votre entrée secrète ?

Ils contournèrent la demeure, s'arrêtèrent devant la porte de la cuisine. Claire s'agrippait désespérément à Chris.

— Reprenez vos esprits et montez vite vous coucher.

Elle n'esquissa aucun mouvement pour se libérer des bras de son compagnon. Chris ne put se résoudre à la laisser seule. Elle semblait si vulnérable !

L'arrivée de Céleste, la domestique, tira le jeune homme de son embarras.

— Mademoiselle Underwood ne se sent pas bien,

fit-il, feignant la décontraction. Pourriez-vous la conduire à sa chambre ?

Avec un sourire entendu, Céleste prit soin de la jeune Anglaise.

— Je suis heureuse que Mademoiselle Claire ait trouvé un fiancé…

A ce moment, Claire fut tirée de sa torpeur.

— Pas fiancé, Céleste, nouveau patron…

La femme de chambre parut surprise.

— Quelle est la différence ?

— Il ne faut pas confondre travail et affaire de cœur, objecta Chris.

Puis, il s'adressa à Claire en la secouant légèrement.

— N'oubliez pas de remettre votre démission à Monica dès demain.

Elle releva la tête et prit un ton enjôleur.

— Embrassez-moi, pour me souhaiter une bonne nuit.

— Oh, cessez cette comédie, c'est ridicule !

Il poussa la jeune fille dans les bras de Céleste et murmura des excuses à l'intention de la vieille domestique.

— Miss Underwood a totalement perdu l'esprit. Elle ne sait plus ce qu'elle dit. Au revoir, Mesdames…

Après son départ, Céleste ouvrit des yeux admiratifs.

— Ce garçon est charmant, vous avez bon goût, Mademoiselle.

Saisissant Claire, la femme de chambre la hissa jusqu'en haut de l'escalier, puis la déposa sur son lit. Elle retira les vêtements de la jeune Anglaise qui se laissait déshabiller comme une enfant.

— Dormez bien, et soyez plus prudente à l'avenir… Il est vrai que cet homme est si séduisant !

Claire sombrait déjà dans un sommeil profond et n'entendit pas les dernières paroles de Céleste.

Elle se réveilla avec un puissant mal de tête. Elle ne se souvenait absolument pas de son retour mouvementé et ne comprit pas les raisons de l'air entendu affiché par la servante. Elle se rappela cependant la promesse faite à Chris. Monica devait être informée au plus tôt de son départ. C'est ce qu'elle fit.

— Je n'aurai certainement aucun mal à vous remplacer, mais la prochaine fois, je veux être bien sûre de choisir la bonne personne, explosa Mme Cullingford en apprenant la nouvelle.

Monica se sentait blessée dans son orgueil démesuré. Comment pouvait-on la quitter ainsi ? Claire regretterait très vite son geste. Curieusement, la romancière ne chercha même pas à connaître l'identité de son successeur. Claire en fut soulagée. Monica songeait déjà à engager un secrétaire. «Travailler en compagnie masculine doit présenter bien des avantages», déclarait-elle.

— Je me demande si ce délicieux M. Raines accepterait cet emploi !…

La sonnerie du téléphone interrompit leur conversation. Claire décrocha l'appareil, selon son habitude. C'était Chris. Monica se trouvait dans le jardin et n'entendit pas leur discussion. Elle lui confirma le succès de sa mission. Dans un mois, elle serait libre de travailler pour lui.

C'est alors que M. Raines lui déclara d'une voix ferme qu'il exigeait immédiatement ses services.

— Mais c'est impossible, j'ai promis à Mme Cullingford…

— Ne vous inquiétez pas pour cela. Je me charge de lui expliquer ce contrordre. Soyez prête demain matin. J'enverrai un taxi vous chercher.

Avant que Claire ait pu réagir, son interlocuteur avait raccroché, la laissant complètement décontenancée.

Qu'allait-il se produire ? Monica pourrait entamer des poursuites, lui intenter un procès pour non-respect de contrat…

Dans la soirée, la romancière se rendit chez des amis écrivains et prévint la jeune Anglaise de ne pas l'attendre.

Regagnant sa chambre, Claire contempla, peut-être pour la dernière fois, la vue magnifique qui s'étalait sous ses yeux. Au loin, les voiliers dansaient sur la mer. Les petites lumières accrochées aux mâts parsemaient l'immensité de velours bleuté de minuscules étoiles scintillantes.

Manchester n'existait plus pour la jeune fille. Pendant quelques instants, elle oublia son pays. Gagnée par la fatigue de la nuit précédente, elle s'endormit très vite.

Le lendemain matin, elle fut réveillée par Céleste lui apportant le petit déjeuner. La domestique lui remit également une lettre de la part de Mme Cullingford. Claire décacheta fébrilement l'enveloppe qui contenait un chèque représentant le montant de son salaire. Aucune explication n'y était jointe.

— Madame me charge de vous dire que vous devez quitter la maison au plus vite. Elle ne voulait même pas vous laisser prendre votre petit déjeuner. Mais j'ai insisté.

— Merci, Céleste…

— Madame racontait qu'elle avait rencontré M. Raines au cours du cocktail d'hier soir. Elle n'a pas fourni d'autres explications, mais lorsqu'elle est rentrée, elle semblait très fâchée…

Elle dévisagea Claire avec un œil compatissant.

— Voulez-vous que je vous aide à préparer vos bagages ?

Elle ne répondit pas, abasourdie par la nouvelle.

Pourquoi Chris s'était-il rendu à cette soirée ? Que s'était-il passé qui puisse à ce point irriter Monica ? Claire finit par trouver une réponse à ces questions. Au fond de l'enveloppe, se trouvait un petit mot, griffonné à la hâte. Monica traitait sa secrétaire d'hypocrite, entrée uniquement à son service afin de l'espionner. Elle osait copier son excellente technique littéraire, et cela sous son propre toit ! Pour terminer, elle souhaitait à Claire de retourner dans le ruisseau d'où elle avait daigné la tirer.

Claire but le café mais ne toucha pas à la nourriture. Elle s'habilla en hâte tout en rassemblant ses effets. Tous ses vêtements remplissaient deux valises. Il lui fallait quitter cet endroit le plus tôt possible, puisqu'on la traitait comme une voleuse !

Elle se souvint brusquement de la promesse de Chris. Le taxi ! Elle l'espérait de toutes ses forces. Sans son arrivée, elle ne pourrait même pas porter ses bagages afin de gagner l'hôtel le plus proche. Une immense angoisse s'empara de la jeune fille. Où aller si Chris décidait de l'abandonner ? S'il ne venait pas à son secours, elle était perdue... L'affolement de Céleste contribuait à diminuer le courage déjà si faible de Claire. Jamais elle n'avait éprouvé une telle sensation de solitude !

Cependant, elle acceptait l'entière responsabilité de ses malheurs. Désormais, elle ne devrait plus écouter les paroles insensées de Christopher Raines.

Au plus profond de son désespoir, la voix enjouée de Céleste lui parvint comme dans un rêve.

— Le taxi, Miss Underwood, le voilà !

Le chauffeur conduisit la jeune Anglaise dans un hôtel d'apparence modeste. Claire ne parvenait pas à se rendre compte de ce qui lui arrivait. Avait-elle le choix ? Désormais, elle se retrouvait entièrement soumise à la volonté de Chris. Une seule chose la préoccupait : découvrir par quels stratagèmes malhonnêtes M. Raines s'était révélé si efficace auprès de Monica pour obtenir sa démission. Une fois la réponse connue, elle retournerait en Angleterre.

Chris se trouvait devant l'hôtel pour l'accueillir. Il la guida vers le hall de réception et un portier prit soin de ses bagages.

— Tout est arrangé, vous passerez la nuit ici, lança joyeusement le jeune homme.

L'endroit paraissait abordable du point de vue pécuniaire et correct. Puisqu'elle devait coucher quelque part, elle se résolut à remplir les formalités d'usage.

— Mon plan a fort bien réussi, enchaîna-t-il, sûr de lui.

— Vous aviez donc tout manigancé ? Jusqu'à mon renvoi de chez Mme Cullingford ? Vous ne manquez pas d'audace !

Chris prit délicatement le bras de la jeune fille et l'entraîna dans un coin plus calme du salon.

— Voici ce qu'il s'est passé, si vous tenez tant à connaître les détails de cette histoire... Faisant en sorte d'assister à la même réception que Monica, je lui ai annoncé clairement vos intentions et les miennes. Devant son attitude hésitante, je lui ai révélé vos activités littéraires. Refusant tout d'abord de me croire, elle vous a ensuite accablée d'injures que je me garde de vous répéter.

Claire sentait la colère monter en elle.

— Ainsi, toute la rage de Monica retombait sur moi !

— Excusez-moi, petit oiseau, mais l'enjeu justifiait les moyens... Monica a cédé en face de ce qu'elle juge comme une trahison.

— Monsieur Raines, comment avez-vous osé..., balbutia-t-elle.

42

— Appelez-moi Chris, ce sera plus simple.

— Monsieur Raines, répéta la jeune fille sèchement, de quel droit pouviez-vous commettre un tel mensonge ? Vous, que je considérais comme un ami...

— Il ne s'agit pas d'un mensonge, mais d'une légère interprétation de la réalité. Je comprends vos reproches, mais ne dramatisez pas cette situation, je vous en prie. Vous ne teniez pas à rester chez Monica Cullingford, et j'avais besoin de votre aide au plus tôt.

Claire détourna son visage. Elle savait que Chris disait la vérité mais refusait de l'admettre ouvertement. Il aurait tout de même pu la consulter !

— Vous ne reculez devant rien, Monsieur Raines.

Il sourit malicieusement.

— Connaissez-vous une autre manière d'obtenir satisfaction ?

— Pourquoi vous donnez-vous tant de mal pour moi ?

— Cela m'amuse. J'aime affronter des situations difficiles. Elles exercent mes talents d'improvisation. D'un autre côté, je suis fermement résolu à ne pas vous perdre.

— Vos extravagances me privent à tout jamais de bonnes références pour mes futurs employeurs !

— Quelle importance, puisque je vous engage sans cela...

Claire n'était pas prête à céder. Ce qu'elle ne pardonnait pas à Chris, était d'avoir trahi son secret. Quelle erreur de se confier à lui !

— Connaissez-vous une autre solution, ma chérie ? Vous ne pouvez rentrer chez vous, dans ces conditions, personne ne vous emploiera...

— Ce chantage est odieux ! Comment osez-vous profiter ainsi d'une jeune fille sans défense ?

— Vous vous défendez fort bien, au contraire !

43

Néanmoins, l'indignation de Claire s'apaisait un peu. Elle ne tenait absolument pas à retourner en Angleterre. Pourtant, si elle ne pouvait faire confiance à Chris....

Elle le dévisagea intensément. Son regard vert aux reflets dorés avait l'éclat et la pureté de l'émeraude. Mais il savait également parfois si bien garder ses secrets ! En ce moment, ils attiraient, captivaient Claire. Comment résister à leur charme envoûtant ? Le petit oiseau tombait dans le piège...

Après tout, Chris avait couru des risques pour sortir Claire des griffes de Monica. Il compromettait sa propre réputation auprès de la romancière et des milieux qu'ils fréquentaient tous deux.

Claire se radoucit.

— Je ne condamne pas entièrement votre geste... et puis... je ne veux pas vous quitter...

Elle baissa les yeux, de peur qu'ils dévoilent trop ses sentiments. Lorsqu'elle les releva, elle lut une expression d'infinie tendresse dans ceux du jeune homme. Pendant de longues secondes, ils se regardèrent en silence. Chris s'empara de la main de Claire et la serra très fort dans la sienne.

— Je suis si heureux... Mais pensons à l'avenir. Aujourd'hui, j'ai prévu de vous emmener chez le coiffeur. Ensuite, laissez-moi vous conduire dans quelques boutiques de ma connaissance...

Chris ne confiait rien au hasard. chaque petit détail pratique semblait minutieusement réglé.

— Quelle efficacité, Monsieur Raines !

— Votre rendez-vous est dans dix minutes. Vous avez capitulé juste à temps...

Il déposa la jeune fille au salon de coiffure. Il reviendrait la chercher lorsqu'elle serait prête.

La nouvelle coupe conseillée par le jeune auteur au

44

coiffeur seyait à merveille au visage de Claire. Dégagés des lourdes boucles encombrantes, ses traits fins étaient enfin mis en valeur et rehaussaient l'éclat de son teint.

Elle attendit avec impatience le retour de son employeur.

— Claire, vous êtes ravissante ! J'aurais parié que cette nouvelle coiffure vous irait parfaitement.

Ils se rendirent ensuite dans un magasin de prêt-à-porter. Des vêtements luxueux aux griffes de grands couturiers s'étalaient dans les vitrines.

Chris semblait connaître très bien la gérante de la boutique. Il échangea avec elle quelques mots en français dont Claire ne put comprendre le sens. Il paraissait toutefois insister sur le fait de désirer les plus beaux articles. Claire esquissa un sourire. Combien de femmes le séduisant jeune homme avait-il conduites avant elle dans cet endroit ? Pour elles aussi, Chris devait réclamer les plus belles toilettes...

La vendeuse réapparut, les bras chargés de robes. Il insista pour que la jeune fille les passât toutes. Chaque fois, il commentait le résultat de l'essayage avec la gérante. Celle-ci les conseillait de manière très judicieuse.

Après qu'une heure se soit écoulée, Chris s'adressa à Claire en souriant.

— C'est parfait, petit oiseau. Madame et moi avons fixé notre choix sur votre nouvelle garde-robe.

Claire ressentit une légère impression de frustration. Il n'avait même pas daigné lui demander son avis ! Les robes étaient magnifiques, il fallait l'admettre. En soie naturelle, elles épousaient à ravir ses formes harmonieuses. L'une bleue, l'autre de teinte rosée, soulignaient délicatement le teint ravissant de la jeune fille. Le tissu vaporeux dévoilait à peine le cou élancé et les épaules fragiles...

Sur l'insistance de Chris, Claire choisit également un déshabillé de satin clair.

— Monsieur Raines, ne trouvez-vous pas que cette tenue soit un peu…

Il l'interrompit, comme s'il avait pressenti la question de sa secrétaire.

— Vous en aurez besoin, lâcha-t-il, avant de se diriger vers la caisse.

Claire ne savait comment agir. Elle trouvait ces vêtements très beaux mais ne pouvait pas se les offrir. Ils coûtaient certainement une fortune ! En outre, elle refusait que Chris prenne en charge ces achats.

Devinant sa gêne, le jeune homme prit un ton enjoué.

— Vous rembourserez progressivement votre dette en travaillant pour moi. Chaque mois, j'ôterai une somme modique de votre salaire pour compenser cette dépense. Ce sera également une garantie que vous resterez longtemps à mon service…

Il prononça sa dernière phrase sur un ton malicieux et elle se laissa doucement convaincre.

Après avoir raccompagné la jeune Anglaise à son hôtel, Chris prit congé d'elle.

— Vous êtes libre comme l'air, petite hirondelle… pour le reste de la journée.

Le lendemain, ils partiraient pour l'Italie où Chris comptait effectuer une retraite studieuse.

— Une de mes connaissances possède une maison dans la montagne. C'est l'endroit rêvé pour travailler ! Je rencontre ici trop de gens. Ils accaparent mes moindres instants de liberté. Là-bas, nous serons tranquilles. Je vous mettrai alors à rude épreuve.

— Plus tôt je mériterai mon salaire, mieux je me sentirai !

Cette journée, déjà riche en événements de toutes sortes, s'acheva par un dernier rebondissement. Au

46

cours de la soirée, Claire décida de se rafraîchir un peu en effectuant une promenade le long de la plage. D'ordinaire, personne ne prêtait attention à elle. Les transformations physiques apportées par Chris pendant la journée étaient-elles à ce point considérables ? Sa nouvelle personnalité attiraient de nombreux regards masculins à la ronde. Deux jeunes gens tentèrent de l'importuner. Heureusement pour Claire, un gentleman anglais intervint juste à temps.

— Laissez cette demoiselle tranquille, et filez, que l'on ne vous revoie plus.

Pendant que les deux importuns s'exécutaient, l'homme s'adressa à Claire avec une voix douce.

— Vous devriez vous méfier, Mademoiselle, ces lieux ne sont pas sûrs pour une jeune personne. J'ai une fille de votre âge et je ne l'autorise pas à sortir seule le soir.

— Vous avez certainement raison, je ne me rendais pas compte du danger dans ces endroits sombres.

L'inconnu se présenta.

— Mon nom est Preston et je viens de Manchester. Nous avons fait un voyage épuisant, et ma femme préfère se reposer à l'hôtel.

— Quelle coïncidence, Monsieur Preston ! Je suis moi-même originaire de cette ville.

Claire se sentait parfaitement en confiance avec cet homme qui lui rappelait un peu son père. Ils bavardèrent et M. Preston se proposa de la raccompagner. En marchant nonchalamment dans les rues, ils contemplaient admirativement les luxueuses bâtisses qui bordaient la *Promenade des Anglais*. La plupart d'entre elles servaient à présent de palaces somptueux.

Un groupe de gens extrêmement élégants bavardait bruyamment sur le trottoir opposé. Claire les regarda machinalement. Les femmes portaient des toilettes somptueuses et des bijoux de grande valeur. Tout ce faste l'agaçait un peu. Elle s'apprêtait à détourner les yeux quand tout à coup, elle demeura pétrifiée. Au milieu du cercle d'individus, se tenait Christopher Raines ! Une femme rousse d'une insolente beauté lui donnait le bras. Claire tenta de se raisonner. Et si ce n'était pas lui, mais un sosie... Elle porta à nouveau son regard sur lui. Elle ne pouvait se tromper ! Chris riait et bavardait avec cette créature sophistiquée. Lui-même affichait un style vestimentaire différent. Il arborait fièrement un superbe smoking blanc de coupe irréprochable. Curieusement, en le regardant ainsi vêtu, elle eut une nette impression de «déjà vu». Cela ne présentait pas de doute. Ce nouveau Chris ne lui était nullement étranger... Cependant, elle savait qu'aucune circonstance ne lui avait permis de rencontrer le jeune écrivain avant la soirée chez Monica.

M. Preston remarqua le trouble de sa jeune amie.

— Que se passe-t-il, Claire, vous ne vous sentez pas bien ?

— Ce n'est rien. Je suis un peu fatiguée, voilà tout. Continuons, voulez-vous ?

Elle souhaitait quitter ce lieu au plus vite, avant que Chris l'aperçoive. Cette hypothèse semblait pourtant peu probable. Il paraissait trop occupé à courtiser sa belle compagne... Un instant, elle crut que l'écrivain l'avait repérée. Elle se trompait certainement.

M. Preston laissa Claire à la porte de son hôtel et déclina poliment son invitation à prendre un verre, pour le remercier de son intervention salutaire.

Une fois seule dans sa chambre, Claire se remémora la scène à laquelle elle venait d'assister. Chris ne lui avait-il pas confié son désir de quitter Nice, y connaissant trop de monde ? Cependant, il ne semblait pas s'ennuyer en leur compagnie ! Claire ne comprenait pas que le jeune homme puisse afficher une telle aisance financière. Comme à son habitude, elle essayait d'en expliquer les raisons. Chris vivrait-il aux crochets de cette femme? Cette pensée horrible ne quittait plus son esprit. Pour cela, et pour cela uniquement, il lui proposait un si généreux salaire! En fait, l'argent ne lui appartenait pas. Il se contentait de dépenser les sommes allouées par sa compagne selon son bon plaisir! Les gens fréquentant la Riviera utilisaient souvent ce mode de vie. Brusquement, Claire se ressaisit. Elle refusait de croire Chris capable de tels actes. Il n'était pas homme à se laisser entretenir par une femme, fût-elle aussi riche et aussi belle que cette inconnue incendiaire! Il était trop fier pour cela...

Une chose demeurait certaine, cependant. La jeune fille ne possédait plus le moindre espoir de séduire Christopher. Un instant, elle avait cru qu'il s'intéressait à elle, cet après-midi. A présent, elle se rendait compte amèrement que son cœur battait pour une autre femme avec laquelle elle ne pouvait rivaliser. Claire devait se rendre à l'évidence. Chris n'éprouvait pour elle que de l'amitié. Il désirait simplement s'afficher avec une collaboratrice qui lui ferait honneur, rien de plus... Pour les choses de l'amour, il préférait les créatures sophistiquées, à l'aspect exotique et sensuel.

Soudain, elle songea au futur. Comment se passerait leur séjour en Italie? Ils seraient seuls, avait précisé Chris, sans fournir d'autres informations. Fuyait-il cette femme rousse? Il paraissait pourtant extrêmement amoureux...

Face à tant d'incertitudes, elle renonça à se poser davantage de questions. Elle s'endormit, bercée par de doux rêves. Chris courait vers elle, délaissant la belle inconnue, et suppliait la jeune fille de l'emporter loin, très loin de cette femme...

4

Claire éprouva quelques difficultés à boucler ses deux valises à cause de ses toilettes récemment acquises. Elle dut mettre quelques-uns de ses effets dans un grand carton qu'elle ferma avec soin.

Chris arriva à l'hôtel au moment où le porteur descendait les bagages de la jeune Anglaise. Tous deux déposèrent les paquets dans le coffre du véhicule. A la réception, Claire reprit son passeport. Avant qu'elle ait pu esquisser le moindre geste, son employeur s'empara de la note de frais.

— Je me charge de cela.

Pendant qu'il réglait ces formalités, Claire l'examina soigneusement. Le jeune homme qu'elle avait sous les yeux paraissait si éloigné de celui rencontré la veille ! Cependant, ses traits tirés trahissaient une lassitude prononcée, conséquence d'une nuit mouvementée...

Elle ne put réprimer un frisson. Sans doute la belle créature rousse n'était-elle pas étrangère à cette fatigue ?

Lorsque Chris rejoignit sa secrétaire, il arborait une expression de contrariété. Il avait les sourcils froncés, et le regard dur, tel une aigle guettant sa proie.

— La ponctualité est une qualité que j'apprécie beaucoup chez mes collaborateurs.

Sans attendre, il enchaîna :

— Dépêchons-nous, c'est un long voyage.

Claire eut à peine le temps d'échanger de rapides adieux avec le personnel de l'établissement. Chris dissimulait mal sa mauvaise humeur. La jeune fille préféra garder le silence.

La circulation dense rendait difficile la traversée de la ville. Chris protégeait ses yeux du soleil à l'aide de sa main libre.

Remarquant le pli sévère de sa bouche, Claire soupira. «Voilà le premier caprice de mon employeur», pensa-t-elle. Elle se retourna vivement et vit la machine à écrire posée sur le siège arrière. Cette vision rasséréna la jeune fille. Au moins il comptait travailler un peu !

Leur véhicule s'engagea sur l'autoroute. Au moment où Claire désespérait d'entendre la voix de son compagnon, celui-ci rompit le silence.

— Je ne connaissais pas votre penchant pour les hommes mûrs ! Ou peut-être était-ce votre père venu vous rendre visite… lâcha Chris, cynique.

C'était donc cela, la raison de sa mauvaise humeur !

— Si vous faites allusion à M. Preston, précisa-t-elle, encore sous le choc de la surprise, c'est un ami. Il vient de Manchester.

Elle fit une pause, avant de lancer, ironique à son tour :

— Vous ne sembliez pas en désagréable compagnie vous-même ! Comment s'appelle cette ravissante créature ?

— La Signora Violetta Albanesi. Comment la trouvez-vous ? Belle, n'est-ce pas ?

Chris affichait un air de fierté possessive…

Claire acquiesça, sans chaleur.

— Elle est italienne, je suppose ?

— Naturellement, son nom en est la preuve. Le château vers lequel nous nous acheminons lui appartient.

Elle l'a gentiment mis à notre disposition.

— Est-ce une amie de longue date ?

— En quelque sorte, répliqua-t-il, laconique, la signora Albanesi et moi-même sommes liés depuis de nombreuses années…

Le ton évasif de Chris ne laissa aucun doute à Claire. Chris avait une liaison avec la belle Italienne. Craignant de paraître indiscrète, elle s'empressa d'ajouter :

— Je n'aurais pas évoqué ce sujet si vous-même…

— Ce n'est pas important, coupa Chris. A présent, vous savez tout… ou presque.

Elle ne put réprimer une immense déception. Elle devait cependant feindre l'indifférence, et décida de jouer ce rôle jusqu'au bout.

— Votre vie privée ne regarde que vous, Monsieur Raines, déclara-t-elle sèchement.

— La discrétion est également une qualité que j'admire, riposta-t-il avec un sourire.

Au moins la jeune fille gardait-elle sa confiance !

Il se tourna brusquement vers elle.

— Vous pouvez encore résilier votre contrat, si les clauses vous déplaisent.

— Je vous répète que votre vie personnelle ne m'intéresse pas !

Son air faussement détaché n'échappa point à Chris.

— Pourquoi donc faites-vous cette tête ?

— Je pense que c'est… la chaleur !

A quoi servaient tous ces mensonges ? Ne valait-il mieux pas lui avouer sa désillusion ? Elle scruta le regard de son employeur. Celui-ci lui décocha une œillade qui la décontenança. Peut-être désirait-il pousser la jeune fille dans ses derniers retranchements ? Elle dissimulait si mal ses sentiments ! Car ce qu'il considérait comme un caprice de la part de Claire se transformait en une secrète passion… Elle aimait et désirait

Chris de tout cœur. Elle ne recherchait plus une simple aventure pour servir ses desseins de romancière, mais un amour véritable. La jalousie s'installait insidieusement en elle. Comme elle haïssait sa rivale !

Rassemblant ses esprits, elle lui glissa furtivement :

— Je pense terminer bientôt mon livre.

— Vous ai-je fourni l'inspiration nécessaire ?

— Que croyez-vous, Monsieur Raines ? Vous prenez-vous pour le héros de mon roman ? Je me suis parfaitement sortie d'affaire sans votre aide... qui manquait d'ailleurs de spontanéité.

Ils s'arrêtèrent en cours de route afin de se restaurer un peu. Vintimille, qui fut un des derniers bastions romains, serait leur prochaine étape.

— Quel est le sujet de votre pièce, Monsieur Raines ?

— Nous en discuterons plus tard, si vous voulez bien. Je vous la lirai intégralement. Mais je vous préviens, je n'accepte pas les critiques.

Claire rétorqua vivement :

— Quel est donc l'intérêt de la lire à quelqu'un si vous ignorez son avis ?

— Les écrivains se comportent toujours ainsi. Ils réclament l'opinion des gens mais sont furieux lorsqu'elle leur est hostile.

— Très bien, je me rappelerai cela à l'avenir. Puis-je vous poser une question sur un tout autre sujet ?

Chris acquiesça.

— Quelle sera précisément ma situation dans le château de votre amie ? Dois-je également y loger ?

— Bien sûr, répliqua-t-il sur un ton malicieux. Vous n'aurez guère le choix. Il n'y a pas l'ombre d'un hôtel à moins de vingt kilomètres à la ronde !

— Combien de personnes vivent dans cette demeure ?

— Pendant la journée, de nombreux domestiques y

travaillent. Mais ils habitent tous au village.

Chris se rendait parfaitement compte de l'anxiété croissante de la jeune fille.

— Nous serons seuls tous les deux, ma chérie ! Mais rassurez-vous, nous disposons d'une chambre chacun... Le soir, nous prendrons nos repas dans la grande pièce, au rez-de-chaussée. Les déjeuners seront servis dans nos chambres respectives, à notre convenance. Craignez-vous de vous trouver seule avec moi ?

— Je n'ai pas besoin des services d'un chaperon, monsieur Raines, je pense que tout ira bien.

Chris la taquina de plus belle.

— Etes-vous indifférente aux commérages ?

— Je ne suis pas une prude ! De nos jours, plus personne n'accorde d'importance à ce genre de choses.

— Puissiez-vous dire la vérité, petit oiseau !

Ils reprirent la route, plus détendus.

La jeune fille n'osait l'avouer à Chris, mais elle se réjouissait plutôt de demeurer seule avec lui dans un château. Jamais elle n'avait rêvé aventure plus troublante ! Une seule ombre planait sur son bonheur. Cette maison appartenait à la Signora Albanesi, sa rivale !

— Existe-t-il un Signor Albanesi ? demanda Claire, l'air faussement détaché.

— Oui, mais hélas pour lui, le pauvre homme repose parmi ses ancêtres. En outre, je n'oserais solliciter son hospitalité s'il vivait encore. J'ai quelques principes moraux...

— Vous marierez-vous un jour, monsieur Raines ?

Claire ne se départissait pas de son ton désinvolte.

— Je tiens trop à mon indépendance pour faire une chose pareille. Si toutefois cela m'arrivait, je plains la future Mme Raines. Je serais extrêmement exigeant sur nos relations.

La jeune fille poussa un soupir de soulagement. Chris

54

ne songeait nullement à épouser sa *Signora!*

Semblant deviner ses pensées, Chris consentit à livrer quelques détails sur ce couple de châtelains richissimes.

— Enzo Albanesi dirigeait une firme de construction automobile. Sa fortune se montait à plusieurs milliards. Amoureux de Violetta, c'est le prénom de la propriétaire de cette bâtisse, il l'épousa alors qu'elle n'avait que seize ans. Ses parents la forcèrent à épouser Enzo qui en avait déjà soixante. Les parents de Violetta, des aristocrates qui espéraient ainsi renflouer leurs dettes, ne possédaient pour tout bien que ce château. Ils le donnèrent à leur fille comme dot le jour de son mariage. En fait, il était en ruine et le Signor Albanesi dut entièrement le rénover. A la mort de son mari, Violetta hérita de son immense fortune. Cela la dédommageait, un peu tard il est vrai, de son mariage forcé.

De nouveau, l'imagination de Claire se débrida. Quoi de plus tentant pour un jeune artiste tel que Chris, beau garçon et plein d'esprit, que de se lier à une richissime veuve, belle de surcroît, qui succombait à tous ses caprices ?

Chris regarda Claire en souriant.

— Vous pourriez bâtir un roman sur cette histoire véridique. Une telle héroïne serait très populaire parmi vos lecteurs : belle, contrainte à épouser un vieillard... Quelle situation romanesque idéale ! Cette femme ne demanderait enfin qu'à vivre un grand amour.

— Je préfère monter moi-même mes intrigues, monsieur Raines... Tant pis si elles s'avèrent moins passionnantes.

Ils engagèrent à nouveau une conversation animée sur le thème de l'écrivain et de ses rapports avec la fiction.

Chris ralentit, puis quitta la route principale. Le chemin qu'ils empruntèrent serpentait dans la montagne. De chaque côté, des cultures en terrasse s'accrochaient aux flancs des Apennins. Claire reconnut des oliviers et des vignes en fleur. Quelques lièvres cherchaient des coins d'ombre pour s'y rafraîchir. L'eau semblait rare. Çà et là, les rivières asséchées alternaient avec les étangs stériles.

Ils parvinrent enfin en vue du *Bastello*. La bâtisse imposante reposait sur le site d'une ancienne forteresse, perchée sur la crête d'une colline. Dans la vallée, quelques habitations regroupées formaient le village. L'aspect abandonné de ces demeures, ajouté à l'aridité du paysage, renforça l'impression étrange ressentie par la jeune Anglaise à la vue de ces lieux. Les profonds précipices qui bordaient la route lui donnèrent le vertige.

— Un château gothique, disiez-vous ! Etes-vous sûr qu'il ne s'agisse pas de l'antre de Dracula ?

— Si vous cultivez le goût du mélodrame, Miss Underwood, vous trouverez ici l'inspiration propice à ce genre de littérature.

— En revanche, rétorqua-t-elle, vous éprouverez des difficultés à tirer parti d'un endroit aussi sinistre dans vos comédies !

— Le décor n'influe absolument pas sur mon style. C'est la tranquillité que je recherche avant tout pour écrire.

Arrivés au sommet de la colline, ils franchirent la grille du parc entourant le château. De près, la bâtisse paraissait encore plus massive. Autour d'un bloc carré central s'élevaient deux ailes latérales surmontées de créneaux épais. L'extrémité de l'allée principale débouchait sur une cour pavée de marbre. Seules les rares fleurs en pots ornant la terrasse apportaient une note de couleur vive au domaine.

Un frisson parcourut la jeune fille. Quelle retraite

lugubre et isolée ! Elle regretta sa décision trop hâtive de suivre un homme presque inconnu dans une telle aventure. Claire soupira en songeant à Nice et à son animation colorée... mais il était trop tard. Elle ne pouvait plus se dédire.

Chris, quant à lui, promenait sur les lieux un regard satisfait.

— Quel hâvre de paix ! Je n'aurai aucun mal à me concentrer ici.

Claire éclata en sanglots.

— Mais c'est horrible... cet endroit m'effraie !

— Vous êtes trop émotive. Vous verrez, vous vous habituerez très vite, conclut-il séchement.

Claire s'apprêtait à protester lorsqu'elle aperçut deux serviteurs venant à leur rencontre. Ils faisaient de grands gestes chaleureux pour les accueillir. Leur vue réconforta la jeune fille. Chris échangea avec eux quelques paroles en italien puis, se tournant vers sa compagne, il traduisit :

— Tout est prêt pour nous recevoir. Nous occuperons l'aile est du château. L'autre partie est réservée à Violetta.

Il désigna une jeune servante brune au visage ouvert, avant de poursuivre :

— Cette personne sera à vos ordres. Son nom est Emilia.

Entendant son prénom, l'intéressée sourit gracieusement.

— *Buon giorno, signorina.*

— *Buon...* Bonjour, répondit poliment Claire.

— Vous... venir avec moi.

Emilia s'empara de ses bagages et précéda sa nouvelle maîtresse en direction du bâtiment.

Le hall était immense et majestueux. Un escalier somptueux y finissait sa course, masquant une énorme baie vitrée. De chaque côté, deux escaliers annexes conduisaient vers chacune des ailes du château.

Emilia emprunta celui de gauche, qui débouchait sur un long couloir. Elles passèrent sans s'arrêter devant de nombreuses portes. Celle de la chambre de Claire se situait à l'extrémité de l'aile. D'un regard, la jeune Anglaise parcourut sa future habitation. La pièce était spacieuse et comportait une salle de bains particulière. Après le départ d'Emilia, Claire se mit à la fenêtre et contempla la vue magnifique. Le paysage rude mais grandiose qui s'offrait à elle la réconcilia un peu avec cette région. Pour la seconde fois, la machine à écrire, déposée par un serviteur dans la salle communiquant avec ses appartements, la rassura. «Ce doit être là mon bureau, pensa Claire».

En rangeant ses vêtements dans la grande armoire de chêne, la jeune fille ne put s'empêcher de regretter que de si belles toilettes ne pussent servir dans un endroit aussi désert. Chris serait le seul à les voir et le jeune homme avait précisé que son travail le rendait insensible à tout. !

Après un rapide rafraîchissement, Claire s'assit dans la pièce aménagée en bureau. L'après-midi s'achevait, et le soleil qui sombrait derrière la montagne, plongeait la vallée dans l'ombre. Claire ressentit un immense désarroi. Heureusement, Chris fit son entrée et lui sourit. Sa chambre se trouvait en face de celle de la jeune secrétaire. Il ouvrit une petite mallette contenant quelques extraits de son manuscrit.

Claire s'installait déjà devant la machine à écrire.

— Vous n'allez tout de même pas commencer à travailler maintenant. Vous devez être épuisée !

Elle ne répondit pas, sachant que Chris disait la vérité.

— Aimez-vous votre chambre ?

— Elle est fort bien décorée, je l'avoue.

— J'espère que vous vous réconcilierez vite avec cet endroit. Nous organiserons nos activités demain. Ce soir, nous dînerons à huit heures précises.

— Devrai-je m'habiller ?

— Oui, les domestiques sont habitués à maintenir un certain standing lors des repas. Violetta entretient cette coutume.

Claire espérait ne pas entendre Chris prononcer ce nom trop souvent. Il ne pourrait certainement pas s'en empêcher…

Son compagnon s'empara d'une liasse importante de feuillets et, prenant un siège, déclara fièrement :

— Voici la trame de ma pièce. Il ne me reste qu'à la construire.

Désignant un autre dossier, Chris le tendit à Claire.

— Voici ma correspondance. Je vous demanderai de la classer et de la maintenir à jour.

La jeune fille jeta un œil sur les quelques enveloppes rangées dans le classeur. Elle s'aperçut que le nom de Cédric Radford apparaissait très souvent au recto de celles-ci. De nombreuses lettres provenaient des Etats-Unis et portaient l'en-tête d'une célèbre maison de production. Une pièce se trouvait souvent citée en référence de la plupart de ces missives. Le nom parut familier à Claire. «Feux d'automne» avait connu un succès international. Le jeune comédien principal, Cédric Radford, en signait également la mise en scène. Quelle relation existait-il entre Chris et cet acteur célèbre ?

— Connaissez-vous M. Radford ?

— Très bien, répondit Chris calmement. C'est mon pseudonyme. Voulez-vous rassembler tout ce qui concerne cette pièce ?

Après un moment de stupeur, Claire s'exécuta. Par-

59

venant mal à se concentrer, elle se souvint de la comédie à laquelle elle avait assisté avec ses parents, dans un théâtre de Manchester. L'action se situait à Cannes, les personnages étaient tous issus d'un milieu bourgeois. L'intrigue contait les déboires amoureux d'un jeune séducteur en proie aux nombreuses sollicitations de la gent féminine. Dans la comédie, Chris portait un costume de toile blanche semblable à celui dont il était vêtu à Nice deux jours auparavant. La jeune fille s'expliquait à présent tant d'aisance financière ! Cédric Radford gagnait tellement d'argent qu'il avait dû s'exiler afin de fuir les foudres du fisc de son pays ! Logeant habituellement dans les palaces les plus somptueux, il s'exhibait avec les plus belles femmes, jamais la même deux jours de suite…

Chris s'étonna du silence prolongé de sa compagne.

— Tout va bien, Claire ?

— Je ne parviens pas à me faire à l'idée que Cédric Radford et vous-même ne soyez qu'une seule et unique personne…

Il eut un rire clair.

— Si je veux garder un minimum de temps pour moi, je dois avoir recours au stratagème du pseudonyme… En outre, ma famille n'approuvait pas mon choix d'entrer dans le monde des saltimbanques. J'ai donc changé de nom pour poursuivre ma carrière sans leur causer du tort.

— Vos parents vous ont-ils empêché d'exercer votre métier ?

— Oui, mon père. Ma mère, en revanche, m'aurait plutôt encouragé. Elle était également comédienne, mais je ne l'ai pratiquement pas connue. Elle me quitta lorsque j'avais cinq ans. Nous ne la revîmes jamais.

Le cynisme de Chris concernant ses relations avec les

femmes provenait-il de cet épisode malheureux de son enfance ?

— Jamais je n'aurais imaginé devenir la secrétaire d'un comédien célèbre ! lança Claire, désireuse de changer le sujet de conversation.

— Monica Cullingford n'était pas une inconnue !

— Vous ne possédez pas le même style. J'ai assisté à l'une de vos pièces à Manchester.

— «Feux d'automne», je suppose… Qu'en pensez-vous ?

Claire hésita un peu.

— J'ai trouvé la mise en scène très habile, les comédiens excellents…

— Mais le fond…? Dites-moi franchement votre avis.

— Je n'aime pas vraiment les comédies de boulevard. Elles sont trop superficielles, ridiculisent le rôle de la femme…

— Qu'est-ce qui vous choque ? Quelques bourgeoises idiotes, qui, du reste, se ridiculisent elles-mêmes !

— Vous auriez pu vous apitoyer sur leur sort au lieu de les enfoncer davantage. Mais vous ne me semblez guère compatissant avec vos pairs !

Claire eut soudain conscience d'avoir trop parlé. Chris semblait furieux. Une fois de plus, elle tombait dans le piège. Quand apprendrait-elle enfin à ne pas critiquer trop durement l'ouvrage d'un auteur en sa présence ?

— Monica Cullingford vous a déjà influencée, d'après ce que je constate. Le romantisme mièvre m'exaspère ! Je vous ai soustraite à son emprise juste à temps !

Soutenant son regard courroucé, Claire lui rétorqua froidement :

— Je suis bonne uniquement à taper à la machine et à

corriger les fautes d'orthographe ! Vous n'obtiendrez plus jamais la moindre opinion de moi sur vos écrits. Vous êtes de trop mauvaise foi !

Ils s'affrontaient autour de la table. Chris explosa :

— Que savez-vous des femmes ? Moi, je les connais. Ce sont toutes des pestes !

— Je ne me sens pas concernée...

— Mais vous n'êtes qu'une petite fille. Vous ne connaissez rien de la vie.

— Ce n'est pas de ma faute si vous ne fréquentez que des créatures superficielles. Ne vous étonnez pas de rester aigri. Cependant, vous n'avez pas le droit de généraliser de tels jugements !

Claire ne désirait pas parler de Violetta, mais la violence des paroles de Chris l'avait poussée à se défendre.

— Vous faites allusion à la Signora Albanesi, n'est-ce pas ? Vous pensez sans doute que les femmes respectables comme vous sont plus fréquentables ? Vous ne valez pas mieux que Violetta. Vous n'avez pas encore sorti vos griffes, voilà tout ! Il est grand temps que vous appreniez à vous connaître, Miss Underwood. Derrière cette façade vertueuse, peut-être ne cachez-vous rien de meilleur que la plupart de celles dont vous critiquez l'apparence !

Claire sentait son cœur battre à tout rompre. Par sa propre faute, elle se retrouvait dans une situation dont elle ne parvenait plus à se tirer. Elle ne reconnaissait pas l'homme qui se tenait devant elle. Chris semblait si différent du jeune homme qui l'avait séduite ! Il défendait férocement la femme qu'il aimait !

Brusquement, il s'avança vers Claire, une lueur de violence dans les yeux.

La jeune fille sentit le sol se dérober sous ses pieds. Elle recula, effrayée.

— Non, non !

— Vous réclamez une expérience amoureuse à grands cris. Je vais vous la fournir. Vous devriez vous estimer flattée de la faveur que je vous accorde !

Les craintes de Claire se transformèrent en une colère sourde à ces mots. Elle explosa :

— Honorée par vos faveurs ? Mais pour qui vous prenez-vous donc ?

Elle le frappa de toutes ses forces au visage. Son geste excita encore plus son compagnon. D'un mouvement agile, il saisit le poignet de Claire et la força à lui faire face. Plaquant son bras derrière son dos, il s'empara de ses lèvres avec violence.

Claire ressentit une sensation de rage et d'impuissance. Incapable de répondre à son étreinte, elle raidit son corps contre celui de Chris. Il la relâcha brusquement. Elle vacilla et se laissa tomber dans un fauteuil. N'osant regarder le jeune homme, elle massait ses poignets meurtris. Désemparée, elle hésitait à demander des excuses.

Chris parla d'une voix sévère.

— Je suis désolé, mais il ne fallait pas me gifler. C'était une véritable provocation !

— N'est-ce pas plutôt vous qui m'avez provoquée ?

— Une gentille petite fille comme vous ne devrait pas réagir aussi violemment !

Claire ne daigna pas répondre à cette réflexion insensée. Elle se mit à rassembler les feuilles qui avaient volé aux quatre coins de la pièce au moment de leur altercation. Elle cherchait désespérément un moyen de se sortir de cette situation pénible.

— Laissez ces papiers, lui ordonna Chris. Il est temps d'aller dîner.

— Ne comptez pas sur moi. Je ne descendrai pas. De plus, je suis incapable d'avaler le moindre morceau…

— Ne soyez pas absurde. Vous devez manger quelque chose. Cela vous aidera à vous remettre de toutes ces émotions.

— C'est le comble ! lança-t-elle, excédée. Vous exagérez !

— Ce n'est pas un langage à tenir à son employeur !

— Je ne vous traiterai avec respect que lorsque vous changerez d'attitude, monsieur Raines.

Chris fit entendre un sifflement admiratif.

— Moi qui vous imaginais faible et docile ! Ma petite hirondelle ne craint pas les ouragans ! La colère vous sied à merveille ! Vos yeux sont magnifiques lorsqu'ils expriment la fureur ! Cependant, ne jouez pas trop ce jeu avec moi, ou je ne réponds plus de mes réactions.

— Je suis désolée. Mes paroles ont outrepassé mes pensées. A l'avenir, je réfléchirai davantage.

— Ce n'est pas grave, il bon de s'expliquer parfois. Ces confrontations permettent d'éclairer bien des points obscurs. En outre, cela rompt la monotonie…

Tout de même, Chris se sortait admirablement des situations les plus délicates, pensa la jeune fille. Même en de telles circonstances, Claire ne le trouvait jamais haïssable…

— Et maintenant, lâcha Chris, sur un ton affable, vous devriez vous préparer. Le repas ne va pas tarder à être servi. Il ne faut pas faire attendre le personnel. Les commérages iraient bon train…

— Si cela ne vous dérange pas, nous observerons le silence pendant le dîner, s'empressa d'ajouter Chris, conscient de la gêne éprouvée par la jeune fille.

Claire ne put réfréner un sourire.

— Accordez moi cinq minutes pour me changer. Je vous suggère d'aborder uniquement des sujets d'ordre général… Ne serait-ce que pour satisfaire la curiosité

64

des serviteurs… conclut-elle, ironique.

Elle disparut dans sa chambre sous l'œil tendrement amusé du jeune écrivain…

5

Claire hésitait devant ses nouvelles toilettes. Elle avait si peu l'habitude d'en posséder plusieurs à son goût ! Elle plongea dans son armoire afin de résoudre l'éternel dilemne : qu'allait-elle mettre ?

Elle sortit de la penderie la robe rose en soie offerte par Chris. Elle orna le col d'une ravissante broche puis glissa à son poignet un bracelet en argent. Elle se coiffa et quitta sa chambre. Un peu tremblante, Claire emprunta le corridor. Le soleil déclinait déjà. Soudain, un rayon de lumière balaya le couloir. La jeune fille se retourna vivement et aperçut Chris sur le seuil de sa porte. Il s'approcha d'elle. Dans l'obscurité du couloir, sa silhouette paraissait immense. Devant le visage menaçant du jeune homme, Claire sentit ses forces à nouveau l'abandonner.

Curieusement, c'est sur un ton enjoué que son employeur s'adressa à elle.

— Je serais passé vous prendre... Mais pourquoi, vous cachez-vous dans l'ombre ?

— Je... ne trouve pas l'interrupteur...

Sa gêne face à Chris réapparut. Si elle voulait rester au service de M. Raines, ces situations embarrassantes ne devraient plus se reproduire ! Dans le futur, elle se garderait d'exposer trop franchement ses points de vue. Son rôle auprès de l'écrivain se limitait uniquement à taper à la machine. Une trop grande intimité conduisait parfois à des incidents regrettables... Le fait de travailler pour un homme célèbre dans le monde des arts ne devait pas lui faire oublier sa propre personnalité et ses origines modestes.

Quand Chris s'approcha d'elle dans le couloir, toutes ces considérations morales s'évanouirent, laissant place à un trouble profond. Malgré leurs différences, ils demeuraient un homme et une femme animés par une forte attirance réciproque. Claire accepta, en tremblant légèrement, le bras que lui offrit Chris. Ils descendirent l'escalier majestueux donnant sur le hall.

— *Le salotto di pranzo* se trouve par ici...

Elle ouvrit des yeux étonnés.

— Je suppose que vous faites allusion à la salle à manger ?

Il fit un signe de tête affirmatif.

Sous l'étoffe délicate du costume de Chris, Claire percevait la fermeté de ses muscles. Un léger parfum aux senteurs subtiles émanait de sa personne. «Quel homme imprévisible», songea Claire. Comment pouvait-elle tenir ses distances face à un tel séducteur ? Lorsqu'il en éprouvait le désir, il se montrait plein d'égards envers sa jeune collaboratrice. Mais il savait aussi être arrogant et cruel...

Tout en traversant le hall, Chris évoquait les divers fantômes qui rôdaient encore dans le château, la nuit venue.

— Oh ! laissa-t-elle échapper, ce lieu est donc... hanté ?

— C'est le cas de toutes les vieilles demeures.

— Je ne crois pas à ces sornettes...

Malgré son assurance apparente, Claire réprima un frisson d'horreur.

Il sourit d'un air entendu.

— Quelle petit fille intrépide vous faites ! Si j'étais un revenant, je m'enfuirais en courant…

— Ai-je l'air si redoutable ?

— Non, vous resterez toujours mon petit oiseau… Mais vous vous servez fort bien de votre bec pour vous défendre !

La réponse de Claire partit comme une flèche.

— Seulement si on m'attaque !

Ils pénétrèrent dans la salle à manger, où Roberto le majordome, les attendait. Les yeux de Claire firent lentement le tour de la pièce. Des tentures épaisses pendaient aux fenêtres. Çà et là, des chandeliers dispensaient de petites lueurs tamisées, plongeant la salle à manger dans un bain de lumière artificielle. Au centre, une longue table de bois massif était dressée pour le dîner. Christopher prit place à une de ses extrémités. Elle s'assit en face de lui. Immédiatement, Roberto leur servit un vin millésimé. Une servante apportait le premier plat. Malgré le délicieux repas et les mets délicats, Claire mangea du bout des lèvres. Elle ressentait de la gêne à profiter de l'hospitalité d'une femme qui n'était autre que la maîtresse de Chris. Devrait-elle réellement endurer tous les soirs ce supplice ?

Claire profita du départ de Roberto vers la cuisine pour s'adresser à son patron sur un ton implorant.

— Pourrais-je prendre mes collations dans ma chambre, à l'avenir ?

— Vous n'auriez pas le cœur de me laisser seul dans ce musée ? Je comptais tellement sur vous pour éloigner les apparitions !

— Trouvez-vous cela tout à fait correct ? Que vont penser les domestiques ? M. Raines dînant tous les soirs en tête en tête avec sa secrétaire ! En outre, je peux disposer de mes soirées comme je l'entends, n'est-ce pas ?

— Qu'avez-vous de si urgent à accomplir?

— J'aimerais terminer mon livre, rétorqua Claire, irritée par la curiosité de son employeur.

— Que diriez-vous d'une augmentation de salaire, si vous acceptez de me tenir compagnie durant les repas?

— Vous n'y songez pas sérieusement? Vous me payez déjà trop, je ne recevrai pas un sou de plus de vous! répliqua-t-elle sèchement.

— Quel esprit indépendant! s'étonna Chris. Vous devriez profiter de ma richesse pour satisfaire vos moindres caprices…

— Pour qui me prenez-vous, monsieur Raines? je ne suis pas intéressée par votre argent. Il me suffit de bien vivre.

Roberto réapparut, portant une énorme corbeille de fruits. Claire ne pouvait manger davantage. Elle trouvait délicieuses les nourritures de ce pays. Le cuisinier préparait divinement le minestrone et les lasagnes fondantes! Cependant, elle prit une pêche afin de ne pas blesser la susceptibilité du sympathique Italien.

Pendant qu'elle épluchait son fruit, Chris posa sur elle un regard attendri. La lumière diffuse des candélabres donnait à la jeune fille un teint d'albâtre, jetant des ombres délicates sur ses traits fins. Ses longs cils et son profil gracieux se découpaient sur le mur clair. Claire rencontra les yeux de son compagnon et se sentit soudain vulnérable. Comme elle devait sembler insignifiante à côté de Violetta!

Chris comparait effectivement les deux femmes. Il convenait toutefois que Claire possédait une grâce et une sérénité dont l'Italienne était totalement dépourvue.

Elle examina la pièce distraitement. Elle distingua un tableau situé entre les deux fenêtres.

— Est-ce un portrait de la *Signora* Albanesi?

Roberto devança Chris.

— *Si, si, Signora*. Il alluma une lampe se trouvant au-dessus de la toile. Une jeune fille vêtue d'une robe blanche garnie de dentelles apparut. Un ruban retenait ses cheveux longs aux boucles souples. Violetta semblait plus jeune, mais ses yeux trahissaient déjà une grande lassitude, le regret d'avoir perdu son innocence.

— *Bella!* commenta Roberto, admiratif.

— *Verita*, concéda Chris avec un détachement à peine dissimulé.

— Elle paraît tellement triste, fit doucement remarquer Claire.

— Ne le seriez vous pas si vous aviez été forcée d'épouser un homme de soixante ans ?

— Quelles coutumes barbares ! s'écria-t-elle. Mais elle est libre à présent, n'est-ce pas ?

— Tout à fait... Son mari n'était pas un homme méchant. Je le connaissais bien.

— Ne regrettaient-ils pas de ne pas avoir d'enfants ?

— Violetta ne les aime pas. Elle pouvait à peine supporter ceux des domestiques lorsqu'ils venaient rarement ici.

— Oh, je pensais que les Italiens les adoraient ! Moi, j'en désire plusieurs.

Chris tourna vers la jeune fille un visage fermé.

— Vous changerez vite d'opinion quand vous les aurez.

— Vous vous trompez ! J'en souhaite réellement beaucoup. Une douzaine !

— Quel projet sinistre !

Il plissa les yeux et sa voix se fit plus sourde.

— Vous devriez commencer tout de suite... si vous appartenez à cette catégorie de femmes trouvant superflue la présence d'un père à leurs côtés !

— Je fonderai un foyer dès que je rencontrerai un

70

homme qui me convienne. Je suis encore très jeune…

— Vous n'excluez pas la part tenue par le mari dans un foyer. C'est très étonnant, de nos jours, de rencontrer des jeunes filles sensées !

— Les hommes et les femmes sont conçus pour vivre ensemble, c'est évident ! Ils possèdent entre eux des différences, mais elles ne sont pas incompatibles. Au contraire, elles se complètent.

— Je partage votre point de vue. Cela me donne envie de lire votre roman !

— Il ne progresse pas beaucoup en ce moment…

Chris changea subitement de sujet de conversation.

— Je n'ai jamais vu un visage aussi expressif que le vôtre ! Il m'est très facile de lire dans vos pensées.

— Oh, vous plaisantez, j'espère ! s'écria-t-elle vivement.

Si ses traits trahissaient ses sentiments, Chris avait certainement décelé son secret ! Parmi les centaines de femmes amoureuses du jeune acteur, quelles étaient les chances de sa secrétaire ? Elle n'ignorait pas les manœuvres séductrices employées par Chris à son encontre, mais le désir de plaire à la gent féminine ne provenait-il pas, chez lui, d'une attitude naturelle ? Claire, bien que modeste employée, tenait à sa fierté et cachait le plus possible l'adoration qu'elle vouait à son patron.

Il reparla de son livre.

— Ne désirez-vous plus devenir écrivain ? A moins que vous ne souhaitiez pas dévoiler vos pensées à travers vos personnages…

Claire éluda cette question ambiguë.

— Si vous me le permettez, j'aimerais bien me retirer…

— Cela vous importe peu de me laisser seul ici ?

— La *Signora* Albanesi vous tiendra compagnie.

lança-t-elle avec un petit rire nerveux.

Pour toute réponse, Chris se leva et éteignit la lampe éclairant le tableau.

Elle ouvrit des yeux surpris. S'était-il querellé avec la belle Italienne ? Comment aurait-il pu alors obtenir la permission de s'installer dans son château ?

— Je vais donner des ordres pour que Roberto nous apporte le café dans notre bureau. Je ne vous dérangerai pas. Je vais lire dans un coin…

— Mais… protesta-t-elle.

Elle serait incapable d'écrire la moindre ligne avec Chris près d'elle… Pourtant, la perspective de cette soirée intime l'attirait…

Ils regagnèrent leurs appartements en silence. Roberto les rejoignit très vite, portant le café sur un plateau. Une odeur délicieuse emplit la pièce.

— *Buona notte, piacevole riposo e sogni dolci,* leur souhaita en souriant le vieux domestique.

Il salua, s'inclina, puis se retira aussitôt.

— Je suis désolé, Claire, mon désir n'est pas de vous compromettre auprès du personnel…

— Je vous le répète, Chris, cela m'est parfaitement égal. Il n'y a rien que je veuille cacher… en revanche, *votre* réputation est à sauvegarder, monsieur Radford…

— Chut ! murmura-t-il, un doigt posé sur les lèvres de sa secrétaire. Je suis ici incognito… Personne, à part vous, ne connaît ma véritable identité.

Il lui tendit une tasse de café. Pendant un moment, leurs mains se touchèrent. Un frisson parcourut la jeune femme.

— Merci, fit-elle, d'une voix étranglée, en allant s'asseoir à l'autre extrémité de la pièce.

Chris éclata d'un rire gentiment moqueur.

— Je ne suis pas dangereux, dit-il en souriant. Allez-

72

vous réellement écrire ? Je pense qu'il serait plus sage de vous coucher...

— Je vais suivre votre conseil. Je suis épuisée !

— Bonne nuit, petite hirondelle fragile. N'oubliez pas que ma chambre est juste en face... si vous avez besoin de quelque chose.

— Merci, ce ne sera pas nécessaire.

Claire se demanda si Chris avait prononcé machinalement cette dernière remarque ou s'il avait la ferme intention de rendre à la jeune fille une visite nocturne... La pensée d'une telle action la troubla profondément. Cependant, elle ne se jetterait pas dans les bras de cet homme qu'elle adorait, mais connaissait à peine...

— Tant pis pour moi, grimaça-t-il tandis que ses yeux brillaient d'une lueur malicieuse. Reposez-vous bien, car demain matin, je vous dicterai la première partie de ma pièce.

Claire remit sa tasse vide sur le plateau et lui souhaita une bonne nuit. Seule dans sa chambre, elle hésita à tourner la clef dans la serrure. Chris entendrait ce bruit et elle imaginait déjà son sourire sarcastique... Une fois couchée, et rassurée par la présence de son employeur tout près d'elle, elle s'endormit aussitôt.

Emilia la réveilla doucement en lui apportant son petit déjeuner. Entre une bouchée de pain beurré et une gorgée de café chaud, la jeune fille surveillait l'arrivée de Chris dans le bureau. Elle s'habilla en toute hâte, et entra en même temps que lui dans la pièce. Sans un mot d'accueil, il commença à dicter à vive allure. Au bout de quelques phrases, il demanda à Claire de relire tout haut le premier acte de sa comédie. Elle s'exécuta.

— Vous lisez très intelligemment, lui glissa-t-il, et le timbre de votre voix est plaisant. Cela m'aide énormément d'entendre mes dialogues. Je peux mieux corriger mes erreurs.

Claire se garda de lui donner son avis sur la pièce. Celle-ci décrivait les aventures d'un jeune acteur dramatique résolu à remporter un concours de composition littéraire. Hélas, le pauvre homme souffrait d'un blocage psychologique. Il invoquait la muse de l'inspiration, Thalie, pour lui venir en aide. Cette dernière, tombée amoureuse du jeune auteur, décidait de prendre les traits d'une mortelle et de rester à ses côtés jusqu'à ce qu'il terminât son œuvre. La fiancée jalouse intervenait, telle une furie, tentant de mettre en fuite la belle déesse. L'intrigue regorgeait de quiproquos et de rebondissements de toutes sortes qui rendaient la pièce très vivante. Ils travaillèrent sans relâche jusqu'à l'heure du déjeuner que Roberto apporta avec un grand sourire. Après avoir mangé de bon appétit, Chris déclara son intention d'effectuer une promenade à cheval durant une partie de l'après-midi. La jeune fille devait encore taper quelques notes à la machine, puis serait libre de vaquer à ses occupations.

— L'équitation est-il votre sport favori ? s'enquit-elle, devant l'enthousiasme de Chris.

— J'aime beaucoup les chevaux. Violetta en possède de fort beaux. Savez-vous monter, Claire ?

La jeune fille fit un signe négatif. Elle ne pouvait pratiquer aucune activité aussi coûteuse !

— Je suppose que vous skiez également ?

— C'est exact, Violetta est très sportive. Elle sait tout faire !

Chris quitta le bureau, laissant Claire à ses pensées. Elle blâmait les inégalités sociales, qui ne lui permettraient jamais ce genre de plaisirs réservés aux riches ! C'était trop injuste, songea la jeune Anglaise, non seulement Violetta possédait la beauté, mais également l'argent pour combler ses moindres désirs !

Un instant, l'image des deux amants descendant une

piste enneigée traversa l'esprit de Claire. Une autre lui succéda, où le jeune couple galopait côte à côte dans la forêt. Elle en ressentit une profonde tristesse. Chaque révélation du jeune homme sur sa vie privée les éloignait davantage. Ils n'appartenaient pas au même monde, elle ne devait jamais oublier cela ! Même au sein de cette retraite dorée, tout lui rappelait sa modeste origine. Que l'existence était cruelle !

L'été s'écoula selon une routine bien établie et très agréable. Lorsque la chaleur devenait insupportable, Claire et Chris se levaient plus tôt, cessant ainsi leur travail avant le déjeuner, servi vers trois heures. Ils prenaient leur repas sur la terrasse, où Roberto avait installé une table de jardin ainsi que des parasols et des sièges inclinables du plus grand confort. Profitant du soleil selon leur désir, les deux jeunes gens acquirent rapidement un teint hâlé, bien que Claire refusât de se mettre en costume de bain devant son employeur. Celui-ci devenait chaque jour davantage absorbé par sa comédie dont il parlait constamment. Claire ne remarqua plus jamais de lumière éclairant le portrait de Violetta, cependant, elle sentait le regard dur de la belle Italienne posé sur eux en permanence.

Le téléphone n'était pas installé au château, et le courrier parvenait toujours à des heures tardives. Ils se sentaient parfois totalement coupés du monde, impression qui plaisait énormément à Chris. Celui-ci connaissait déjà le titre de sa future pièce, qu'il intitulerait « Intrusion à Olympe ». De plus, il avait choisi la plupart des acteurs qui la joueraient. Il ne lui restait plus qu'à trouver un théâtre. Selon toute attente, Chris s'accordait le rôle principal.

Les jours passaient à vive allure, et Claire regrettait que son contact auprès de M. Raines soit de si courte durée. Une fois la pièce terminée, le jeune auteur se passerait certainement de ses services, se consacrant entièrement à sa mise en scène. Après son départ du château, retrouverait-elle un emploi ? Rien ne semblait moins certain. Elle ne s'intéressait même plus à son propre roman qui ne progressait guère. Son esprit ne parvenait pas à se détacher du jeune homme dont elle était passionnément amoureuse. Une mince consolation s'offrait à elle. Elle continuerait de voir Chris à la télévision, au cinéma ou au théâtre ! Quelle compensation dérisoire !

Un matin, Chris annonça que sa comédie était achevée. Il ne retoucherait plus son texte jusqu'aux premières répétitions. Il y apporterait alors toutes les modifications nécessaires.

— N'oubliez pas de me signaler mon congé, trois mois à l'avance, déclara solennellement Claire.

Chris laissa tomber le papier qu'il lisait et répondit sur un ton ferme :

— Il n'est pas question de vous sauver, mon petit oiseau, je vous tiens et ne vous lâcherai plus…

Claire ne pouvait en croire ses oreilles. Il poursuivit calmement.

— De retour en Angleterre, vous prendrez un logement près du mien et viendrez à mon appartement tous les matins.

Jamais elle n'avait éprouvé un tel soulagement ! Elle restait auprès de Chris, son cher amour, et partagerait même sa vie londonienne ! Aussitôt, le visage de la jeune fille s'assombrit. Pourrait-elle affronter les agents publicitaires, directeurs de théâtres, et éditeurs de toutes sortes qui évoluaient généralement dans le sillage d'un acteur célèbre ? Au milieu de tous ces gens, continuerait-elle à donner satisfaction à M. Raines comme elle le faisait dans ce lieu si tranquille ? Que deviendraient les relations détendues qu'ils entrete-

76

naient au château, une fois pris dans le tourbillon d'une existence mondaine ? Claire reprendrait sa place de secrétaire traditionnelle, reléguée dans un bureau, loin de Chris... Ces pensées la firent frémir. Après une intimité si bien vécue par les deux jeunes gens, il serait dur de feindre l'indifférence ! Chris lui appartenait un peu ! Etait-ce uniquement dû au fait qu'il n'y avait, à part elle, aucune autre présence féminine au château ? Et si une fois de retour dans son univers familier, Chris la délaissait, comme Monica Cullingford...

— Croyez-vous que je puisse être de quelque utilité, à Londres ?

— Ne soyez pas si modeste. Vous savez très bien que je ne puis plus me passer de vos services, protesta doucment Chris.

— Mais... je connais à peine cette ville...

— Je me charge de vous la faire découvrir.

— Vous aurez tant d'autres choses à entreprendre... Tant d'admirateurs à satisfaire.

— Craignez-vous de perdre vos privilèges ? s'enquit-il avec un regard espiègle. L'égoïsme est un bien vilain défaut ! Un acteur se doit à son public... Mais, rassurez-vous, nous nous verrons tous les jours, ou presque !

Claire soupira profondément. Puisse-t-il dire la vérité ! Elle ne demandait pas davantage que de rester à ses côtés. Elle devait tout risquer pour ne pas se séparer de lui. Depuis son arrivée au château, elle voyait avec bonheur sa personnalité s'affirmer. Son roman ne progressait pas, car elle n'était pas une femme de carrière. Son unique désir se dessinait clairement dans son esprit. Fonder un foyer, voilà ce qu'elle souhaitait plus que tout au monde ! Et Chris serait son mari et le père de ses enfants ! Ces rêves insensés peuplaient les journées et les nuits de la jeune fille. Elle se rendait compte, hélas, que c'était peu probable. On ne pouvait capturer ainsi Christopher Raines! Encore moins pouvait-on mettre Cédric Radford en cage! Les tigres aiment la liberté avant toute autre chose!

Un jour, Chris lui fit des confidences sur son passé. Depuis son départ de la maison de son père, il jouissait d'une indépendance totale. Lors de ses fréquents déplacements, il résidait toujours dans des palaces. A Londres, il changeait très souvent d'appartement, refusant de s'attacher au moindre lieu plus de quelques mois. Ainsi s'était-il séparé d'une magnifique propriété, léguée par son grand-père à sa mort. Il avait vendu sans regret la résidence familiale pour une somme modique.

— Le mot «foyer» ne signifie donc rien pour vous? s'étonna Claire, choquée par une telle froideur.

— Il faut être fou pour aliéner toute une vie à une personne et à un lieu. Je préfère varier mes plaisirs!

Habituée à une existence stable et tranquille, Claire ne comprenait pas celle volontairement déracinée du jeune écrivain. Il désirait plus que tout au monde rester maître d'aller et de venir à sa guise. Même Violetta Albanesi semblait incapable d'apprivoiser cet animal sauvage!

Claire accepta de se rendre en Angleterre avec Christopher Raines. Le jeune homme ne paraissait nullement pressé de quitter le château. Bien qu'ayant terminé son «Intrusion à l'Olympe», il ne montrait aucune hâte à renoncer à la douceur de vivre méditerranéenne.

— Nous devrions nous accorder quelques jours de repos bien mérité avant de reprendre la route. Après la réalisation de chacune de mes œuvres, je ressens toujours une immense fatigue…

Chris tourna vers sa secrétaire des yeux pleins de défi. Visiblement, il cherchait à provoquer la jeune fille afin que celle-ci l'interroge sur sa dernière pièce. A son grand désappointement, Claire ne dit rien. Elle préférait garder le silence, échaudée par une première expérience désastreuse. A plusieurs reprises, elle avait failli donner son opinion sur la comédie de Christopher. Elle trouvait 8 l'intrigue trop mince et les personnages très superficiels, mais au dernier moment, elle se taisait, usant de prudence...

— Je comprends cela, approuva-t-elle, diplomate.

Il semblait déçu de ne pouvoir s'affronter une nouvelle fois avec sa collaboratrice sur ce sujet. Mais cette dernière ne comptait pas s'exposer inutilement, pour le simple plaisir de M. Raines !

Plus la date de leur départ approchait, plus le comportement de Chris devenait étrange. Il paraissait plongé dans l'attente d'un événement important. Plusieurs fois, il avait regardé Claire, sur le point de lui révéler un secret, mais au dernier moment, il détournait son regard et observait un silence résigné.

Un matin, elle crut deviner les raisons de ce mystère.

Seule dans le bureau, elle mettait de l'ordre dans les papiers du jeune auteur, triant ses factures et son courrier personnel, tous deux fort nombreux. Chris était dehors, parlant avec Roberto dans le parc. Elle les apercevait de sa fenêtre. L'Italien gesticulait beaucoup, comme pour raconter un incident. Vêtu de sa tenue d'équitation, Chris l'écoutait avec intérêt, riant de bon cœur à chaque exclamation de Roberto. Comme le jeune acteur plaisait à Claire ! Elle admirait sa fine silhouette élégamment parée de bottes de cuir fauve, dont l'éclat brillait au soleil...

Soudain le capot d'une énorme limousine apparut devant la grille du château. Chris, aussitôt changea d'expression. Perdant son sourire, il durcit ses traits. Roberto, manifestement ravi, courut ouvrir la porte. Le véhicule s'immobilisa. Une femme en sortit, impeccablement vêtue d'un ensemble en tulle bleu pâle. Dans ses cheveux roux, une fleur assortie avait été glissée par une main experte.

Violetta Albanesi venait à la rencontre de son bel amant…

6

Claire demeura toute la journée dans sa chambre, sans nouvelles de Christopher. Ce dernier se trouvait sans aucun doute dans l'autre aile du château, en compagnie de la *Signora*. La petite secrétaire assista, impuissante, à la cérémonie ponctuant l'arrivée de la propriétaire des lieux. De sa fenêtre, elle pouvait entrevoir Roberto. Celui-ci effectuait de nombreux va-et-vient, repartant vers le hall les bras chargés de bagages. Apparemment Violetta ne se contenterait pas d'un bref séjour. Elle s'installait assurément pour une longue période, à en juger par le nombre impressionnant de malles emplissant le vaste coffre de son véhicule. La gorge de Claire se noua. Serait-elle condamnée à passer de longues heures à se morfondre dans ce qui était habituellement leur lieu de travail et de détente intime ?

La terrasse restait désespérément vide, les deux amoureux lui préférant la fraîcheur et l'obscurité des appartements de Violetta.

Aux environs de midi, Emilia monta le déjeuner de Claire sur un plateau. Elle paraissait terriblement excitée par le retour impromptu de sa maîtresse, déversant sur la jeune fille un flot d'italien dont Claire ne comprit que quelques bribes. Elle crut deviner que la *Signora* se reposait avec *il Signor* dans sa chambre. Puis la jeune servante balbutia quelques paroles au sujet du *pranzo*.

Claire en déduisit que le dîner lui serait également apporté dans le bureau. Ainsi la jeune fille reprenait-elle sa place, loin des privilégiés tels que Chris et Violetta. Elle redevenait une petite secrétaire sans importance, et M. Raines se passerait désormais de ses services, hors du travail.

Elle mit un peu d'ordre dans la pièce, s'occupant le plus possible afin de ne plus penser. Hélas, tout dans ce décor familier lui rappelait l'existence de Chris. Quelques effets personnels appartenant au jeune homme traînaient çà et là. Claire ramassa une cravate, une paire de chaussures de toile et les porta dans sa chambre. Elle n'y avait jamais pénétré auparavant. Semblable à la sienne, elle ne possédait qu'une seule fenêtre. Le lit impeccable venait d'être refait par Emilia. Elle promena son regard sur les murs. Aucune photographie ou tableau n'y était accroché. Rien ne trahissait la présence d'un occupant.

La jeune fille poussa un soupir avant de regagner ses appartements. S'emparant du manuscrit de son roman, elle tenta d'en achever le second chapitre. Elle le reposa aussitôt. Ses efforts pour se concentrer se révélaient inutiles. Ses pensées erraient jusqu'à l'aile opposée de la demeure. Que faisait actuellement le couple d'amants ? Allaient-ils bientôt se débarrasser d'elle ? Claire entrevit tout à coup les raisons de l'anxiété dévoilée par le jeune auteur pendant ces derniers jours. Son incertitude quant à l'arrivée de Violetta le rendait nerveux ; c'est pourquoi il refusait de quitter le château à la date prévue ! Comme il devait être impatient de revoir la belle Italienne ! Maintenant, son souhait se réalisait, elle l'avait rejoint ! Claire se retrouvait seule, face à son désespoir…

Naïve, elle avait cru accompagner son employeur en Angleterre, lui apporter son aide à Londres. Que d'illusions perdues ! Au lieu de cela, elle ruminait sa colère, cloîtrée dans le château de sa rivale ! La délaissant entièrement, Chris se moquait éperdument de sa peine !

Abandonnant complètement l'idée de travailler, elle commença une lettre destinée à son père. Quelques semaines auparavant, Claire avait informé ses parents de son séjour en Italie et de sa collaboration avec un auteur célèbre. Pour toute réponse, Alf Underwood la mettait en garde contre le danger de s'associer avec des personnes d'un rang plus élevé. Il terminait sa lettre en lui renouvelant son désir de la revoir très vite à Manchester.

« Ta mère et moi te regrettons beaucoup, écrivait-il. Nous devenons âgés et avons besoin de toi. »

Claire s'interrogeait sur la réaction de ses parents lorsque ceux-ci apprendraient l'identité de son employeur. A plusieurs reprises au cours de son enfance, elle avait entendu son père critiquer les acteurs et écrivains. Il les traitait de gens instables, n'exerçant pas un métier sérieux. La jeune Anglaise ne leur en voulait pas, connaissant l'existence rude qu'ils avaient toujours menée. De plus, elle se gardait de leur causer inutilement du chagrin, car elle les aimait profondément, malgré leurs défauts. Peut-être leur reviendrait-elle un jour, mais actuellement, elle désirait découvrir ce qu'était réellement la vie. Au départ, elle n'avait pas souhaité tomber amoureuse. Accueillant favorablement l'idée d'une liaison sans conséquences, Claire craignait de s'impliquer trop profondément dans une aventure. Elle aimait se sentir féminine et désirable, mais son sentiment à l'égard de Chris s'intensifiait chaque jour sans qu'elle puisse le contrôler…

Au début, la petite Anglaise rêvait d'amours impossibles avec son séduisant employeur. L'arrivée de Violetta Albanesi les faisait voler en éclat, laissant son cœur infiniment meurtri... Si cela pouvait lui servir de leçon ! Claire se jura de ne plus jamais aimer ! Elle en souffrait trop !

La jeune fille ne prenait pas la peine de se changer. Pour qui devrait-elle se donner tant de mal ? Personne ne daignait lui rendre visite. La *Signora* attirait sur elle les faveurs et l'intérêt de tous. Jetant vers sa penderie un regard ironique, Claire s'interrogea sur l'utilité de posséder tant de toilettes. A Londres, ces robes merveilleuses lui auraient rendu de nombreux services. Quel usage en ferait-elle à Manchester, de retour à sa vie monotone ?

Elle s'assit devant sa fenêtre et regarda le ciel. Le crépuscule tombait déjà, couvrant la vallée d'un voile argenté. Elle contempla le paysage métamorphosé par la lumière douce du soir. Les montagnes altières dominaient la masse sombre et mystérieuse des bois. Devant une telle beauté sauvage, le désarroi de la jeune fille redoubla. Que faire, où aller, à qui confier son désespoir ? Levant la tête, elle remarqua les nombreux nuages s'amoncelant à l'horizon. L'air devenait lourd, comme à l'approche d'un violent orage. Quelques éclairs zébraient déjà la voûte céleste. Un frisson la parcourut.

A ce moment, des pas rapides résonnèrent dans le couloir. Ils s'arrêtèrent devant sa porte à laquelle on frappa. N'obtenant aucune réponse, Chris pénétra en toute hâte dans la pièce plongée dans l'obscurité.

— Que faites-vous dans le noir ? s'enquit le jeune homme, appuyant sur l'interrupteur.

Claire fit un bond, quittant sa place sur le rebord de la fenêtre. Sa longue rêverie s'interrompait soudain, laissant dans son regard une expression de mélancolie profonde. La lumière vive lui fit mal aux yeux.

84

— Je constate à votre triste mine que vous avez ressassé de sombres pensées !

Devant le silence prolongé de la jeune Anglaise, Chris poursuivit, sur un ton de reproche.

— A quoi pouviez-vous bien songer ? Vous ressemblez à un oiseau meurtri. Vous devriez plutôt commencer à vous préparer. Nous dînons dans une heure et je tiens à ce que vous portiez cette robe magnifique achetée à Nice.

Encore sous l'effet de la surprise, elle ne parvint à esquisser le moindre geste.

— Je préfèrerais rester ici, se décida-t-elle enfin à répondre.

— Il n'en est pas question, répliqua vivement Chris. Il vous faut absolument rencontrer Violetta. Elle vous offre l'hospitalité, après tout. Faites-vous séduisante... vous en êtes parfaitement capable.

— Je ne peux pas porter cette robe, protesta Claire. Elle ne convient pas à une telle occasion. Elle est trop... habillée. Je ne suis que votre secrétaire... Pourquoi ne mettrais-je pas plutôt une des tenues sobres qu'affectionnait Monica ?

— Ne soyez pas ridicule ! De quoi aurais-je l'air ? J'exige que ma collaboratrice me fasse honneur ce soir. C'est un ordre, conclut-il, sur un ton mi-sérieux, mi-amusé.

La journée passée en compagnie de la *Signora* Albanesi semblait avoir quelque peu mis les nerfs du jeune homme à rude épreuve. Claire ne lui avait jamais vu auparavant cette expression agacée. Elle se demanda aussitôt ce qui se cachait derrière le caprice de Chris. Dans quel but son employeur voulait-il absolument l'inviter à dîner en compagnie de sa maîtresse ? Voulait-il éveiller la jalousie de la belle Italienne en exhibant son employée, telle une poupée de cire ? Cette situation dérisoire, proche de celles rencontrées dans les romans de Monica Cullingford, provoqua un fou rire nerveux chez la jeune fille. Se contenant à grand peine, Claire lui fit connaître enfin sa décision.

— Très bien, concéda-t-elle, puisque vous insistez… Il regarda sa montre.

— Parfait, laissa-t-il échapper dans un souffle. Il vous reste près d'une heure pour déployer votre panoplie de charme…

Il la dévisagea tendrement avant d'ajouter.

— Je savais que vous ne me laisseriez pas tomber.

D'un geste noble, il se retira de la pièce, plongeant Claire dans la perplexité. Chris tenait-il tellement à confronter sa secrétaire et la riche propriétaire de ce magnifique château ?

Elle se rafraîchit en prenant une douche dans sa luxueuse salle de bains en réfléchissant au problème qui la tourmentait. Allait-elle réellement porter la toilette que Chris aimait tant ? La soie légère courait le long du corps svelte de Claire, s'immobilisant à hauteur des chevilles dans un plombant parfait. De couleur pourpre, la robe volantée moulait à ravir ses formes délicates. Jamais elle n'avait essayé un vêtement aussi beau ! « Un peu trop décolleté pour cette circonstance », pensa Claire, devant le miroir… Pour quelles raisons Chris voulait-il pousser sa jeune collaboratrice à dévoiler ses charmes au maximum ? Elle eut un réflexe de pudeur à la vue de ses épaules nues, et décida de les dissimuler sous un châle de dentelle blanche. A sa grande surprise, le tissu ajouré ajoutait encore à la provocation des membres dénudés, ne révélant que par endroits la chair délicatement rosée. Autour du cou, elle glissa un collier sans valeur, offert jadis par une de ses amies de travail. « Il ne me manque plus qu'une rivière de diamants… » se plut à rêver la jeune fille.

Une fois prête, Claire hésita à se rendre dans la salle de séjour. Prise de panique, elle ne pouvait se résoudre à descendre l'escalier. Chris se trouvait-il déjà en bas ? Elle fit demi-tour et retourna dans le bureau. Elle tenta d'entrevoir si la lumière était encore allumée dans la chambre du jeune homme. Chris sortit presque aussitôt de celle-ci, puis vint la rejoindre. En le voyant, la jeune Anglaise réprima un immense désir de se jeter dans ses bras. Elle avait eu si peur ! Les épreuves de la journée paraissaient déjà loin ! Chris se tenait devant elle, il lui souriait...

Dans un rêve, elle entendit sa voix.

— Aidez-moi à enfiler ma veste, petite hirondelle.

Aussitôt, il enchaîna :

— Vous êtes absolument ravissante, *amore mio*...

Rougissante, Claire saisit une des manches de la veste et la fit glisser le long du bras musclé.

— Je dois faire attention, la bonne cuisine de cette maison me joue quelques petits tours. Je ne rentre presque plus dans ce costume...

En réalité, le gilet et le veston cintré seyaient parfaitement à la silhouette fine et souple du jeune acteur. Au contact de son corps, Claire sentit son cœur battre à tout rompre.

Se retournant vivement vers la jeune fille, Chris la dévisagea à nouveau d'un air admiratif.

— Personne ne mettrait cette robe en valeur mieux que vous ! Il y manque un détail cependant...

Il sortit en trombe de la pièce et revint, tenant un collier d'émeraudes au creux de sa main.

— Voilà, déclara-t-il, satisfait. Ce bijou apporte une note finale à votre toilette éblouissante !

— Je ne peux accepter, balbutia-t-elle, mais c'est très gentil de me l'avoir proposé...

— Petit oiseau scrupuleux ! Très bien, je ne vous

force pas à le prendre… A présent, allons rejoindre celle qui a osé troubler notre tête-à-tête…

Claire ouvrit des yeux étonnés.

— Comment pouvez-vous traiter Mme Albanesi d'intruse, sous son propre toit ?

Tandis qu'ils se dirigeaient vers l'escalier, le jeune auteur lui répliqua vivement :

— Si je la considère ainsi, c'est parce qu'elle m'avait garanti une tranquillité absolue. L'unique raison de sa venue ici est votre présence. Des personnes malveillantes ont prévenu Violetta que je n'étais pas seul, elle s'est donc précipitée immédiatement, sans m'avertir…

C'était donc cela ! Chris, blessé dans son amour-propre, désirait se venger de Violetta. En se servant de Claire, il réalisait ce souhait. La *Signora* ne se déplaçait pas inutilement ! Elle vérifierait sur place la véracité des bavardages malveillants…

«Quel jeu cruel», pensa Claire, plaignant un instant sa rivale. Soudain, elle fut tentée de faire demi-tour. Elle refusait de se prêter à cette sinistre mise en scène. Chris n'avait pas le droit de se moquer ainsi des sentiments d'une femme ! Elle sentit une vague de honte et de colère l'envahir. Elle fut prise tout à coup d'une envie folle de déchirer sa robe provocante… Au même moment, le gong annonçant le dîner retentit. Leur hôtesse respectait les coutumes ancestrales, ajoutant au faste des cérémonies. Christopher offrit son bras à Claire.

— Venez, vous n'avez plus le temps de vous poudrer le nez. D'ailleurs, c'est inutile. Ne faisons pas attendre Son Altesse…

Violetta Albanesi venait à leur rencontre, descendant au même instant l'escalier opposé. La beauté un peu décadente de cette jeune femme à peine plus âgée que Claire frappa la jeune fille. Son visage trahissait une

88

certaine lassitude, conséquence d'une vie lourde d'expériences… Sa robe de taffetas noir masquait habilement les charmes d'un corps encore très désirable. A son cou, brillait l'éclat d'un splendide collier de topaze. Ses immenses yeux noirs très maquillés portaient la trace d'un sommeil inassouvi. Sa bouche pulpeuse arborait une moue sensuelle.

Devant l'intimité affichée par le jeune couple, le regard de Violetta perdit son expression songeuse. Elle fixait, incrédule, la silhouette élancée de la jeune secrétaire. S'arrêtant soudain au milieu de l'escalier, elle promena sur Claire un œil inquisiteur. Chris exultait, savourant en secret sa vengeance. Il se plut à comparer ses deux compagnes. La fraîcheur et le naturel de la jeune Anglaise accentuait la dureté des traits de la *Signora* Albanesi.

— Voilà votre secrétaire, lança insolemment l'Italienne, dans un anglais sans accent.

Chris s'empressa de faire les présentations :

— Claire est une secrétaire très efficace, Violetta, souligna-t-il narquois.

— Inutile de le préciser, coupa leur hôtesse, d'une voix glaciale. De mon temps, les secrétaires étaient reléguées au même rang que les serviteurs. Elles restaient dans leur chambre pour dîner… et ne s'affichaient pas au bras de leur patron !

— Cette époque est révolue, Violetta. Mais si vous insistez, Claire et moi prendrons notre repas dans le bureau pendant que vous resterez seule dans la salle à manger.

— *Absurdo!* s'écria la *Signora*. Je vous ai donné mon accord pour qu'elle partage notre table ce soir. Je n'ai qu'une parole et je daigne satisfaire vos caprices. J'essaie de m'adapter au présent, bien que haïssant le modernisme.   Puis se tournant vers la jeune Anglaise :

— *Cristofo* doit être très généreux avec vous, si je m'en réfère aux tenues coûteuses...

Claire l'interrompit, choquée par l'impolitesse de la remarque.

— Je ne pense pas que ma situation financière vous regarde en aucune façon... jeta-t-elle en relevant fièrement la tête et en fixant sa rivale droit dans les yeux.

A la grande surprise de Claire, son interlocutrice eut un rire de gorge.

— Mais cette fille ne manque pas d'esprit, constata-t-elle, s'adressant à Chris. *Bene*, passons à table, sinon Roberto m'en voudra éternellement d'avoir laissé refroidir son excellent repas.

S'avançant vers le jeune auteur, la maîtresse de maison murmura, sur un ton câlin.

— Votre bras, *Cristofo*, *per piacere*, pour m'aider à supporter le poids des ans. Quant à vous, Clara... vous vous appelez ainsi, n'est-ce pas?... Vous êtes bien assez jeune pour vous passer d'aide !

Agrippant possessivement d'une main couverte de bagues la manche de Christopher, elle l'entraîna vers l'escalier central. Claire les suivait, à peine remise de l'attitude arrogante de son hôtesse. Si cette femme cherchait à l'humilier, elle ne se laisserait pas faire. Malgré ses changements d'humeur, Violetta n'impressionnait pas la jeune fille. Si l'Italienne sortait encore ses griffes au cours du dîner, Claire la remettrait en place !

En réalité, rien ne se produisit... Violetta se conduisit en maîtresse de maison charmante et polie. Claire se sentait presque à l'aise... En fait, elle n'était pas dupe de la gentillesse simulée par la *Signora*. D'une manière évidente, celle-ci détestait Claire, soupçonnant ses sentiments pour Chris. La jeune Anglaise se remémora soudain un tableau, entrevu dans une galerie d'art à

Manchester. Il s'intitulait «Souper chez les Borgia» et représentait César souriant et tendant à son invité une coupe empoisonnée. Elle suspecta Violetta d'être la descendante de cette famille meurtrière. Peut-être cet excellent *Chianti* renfermait-il quelque substance mortelle? Elle sourit, portant le breuvage à sa bouche. Le danger semblait inexistant, puisque Violetta elle-même le dégustait à petite gorgées…

La belle Italienne ne cachait pas son admiration pour Christopher. A plusieurs reprises, elle posa sa main sur celle du jeune homme, qui esquissait à chaque fois un mouvement d'agacement. Visiblement, il cherchait à éviter les regards langoureux de son hôtesse. Une fois, celle-ci prit une coupe de vin et y plongea ses lèvres. Elle la passa à son voisin.

— Buvez dans le même verre, c'est un lien d'amitié, *caro*.

«D'amitié ou… d'amour?», se demanda Claire, qui assistait, amusée, à la cérémonie. Chris paraissait embarrassé, mais il s'exécuta, à la plus grande joie de Violetta.

Claire ne parvenait pas à lire les pensées de son employeur. Apparemment, il n'était pas amoureux de Violetta. Il ne répondait guère à ses avances répétées. La jeune Anglaise l'observait attentivement, rencontrant parfois son regard rempli d'amusement. Ses yeux semblaient quêter la complicité de sa secrétaire afin de se moquer de la *Signora* à ses dépens. Elle soupira! Comment deviner les pensées de Chris, maître dans l'art du subterfuge?

L'Italienne se mit à raconter des légendes se rapportant au château. Elle n'en oublia aucune, insistant sur l'aspect surnaturel de la plupart d'entre elles, et affirma que le fantôme qui hantait le plus souvent la bâtisse était une femme. Emprisonnée par un duc contre sa volonté, elle préféra se donner la mort plutôt que de céder à ses exigences. Se précipitant du sommet de la tour, elle renonça à la vie à tout jamais.

— On la retenait prisonnière dans la chambre que vous occupez actuellement, annonça froidement la châtelaine, en se tournant vers Claire. Il y a un grand fossé au pied d'une de vos fenêtres, avez-vous remarqué ? C'est à cet endroit précis que la pauvre fille s'est jetée. La légende veut que cette malheureuse refasse son apparition les soirs d'orage. Elle plaque son visage livide à la fenêtre et gémit pour qu'on la laisse rentrer.

Claire devinait parfaitement les raisons de Violetta, qui avait pour but de l'effrayer, afin de provoquer indirectement son départ du château. De plus, l'air était lourd et l'on pouvait aisément pressentir un violent orage. La stratégie de la *Signora* Albanesi parut trop évidente pour causer quelque inquiétude à Claire. Chris se contenta également de rire…

— Vous avez oublié un détail dans votre histoire, *cara*. Au temps des ducs qui habitaient ici, il n'existait pas de fenêtres de la taille des ouvertures actuelles. A la place, s'élevaient des fentes juste assez grandes pour y glisser une arbalette. Même très frêle, aucune jeune fille ne pouvait donc s'y jeter.

— *Bene,* accorda Violetta. Peut-être la légende a-t-elle subi quelques déformations à travers les âges. Cependant, j'en certifie l'authenticité. Certains de mes invités ont aperçu ce visage, et ont cru mourir de terreur.

— Il est des gens tellement superstitieux…, objecta Chris. Claire, à l'intention de qui, j'en suis sûr, vous avez narré cette histoire, a les nerfs beaucoup plus solides…

— Jadis, les demoiselles préféraient la mort au déshonneur. Aujourd'hui, ce n'est plus le cas… conclut la *Signora*.

92

Fixant Claire avec insistance, elle cherchait visiblement à l'attirer dans un piège.

Plongée dans une demi-obscurité, la grande pièce offrait un cadre propice aux réunions de fantômes. L'atmosphère oppressante précédant l'orage semblait peser sur la flamme des bougies. Celles-ci vacillaient, jetant sur les murs des ombres étranges. En face de Claire, la silhouette de Chris prenait des proportions énormes et diffuses. Seuls, ses boutons de manchettes brillaient à la lueur de la chandelle posée près de lui. Les traits de Violetta s'estompaient également, et l'on ne distinguait plus que l'éclat des boucles d'oreille de topaze. Sa chevelure rousse et volumineuse encadrait majestueusement son bel ovale. La robe soyeuse de Claire chatoyait d'un reflet d'or assorti à la fine chaîne entourant son cou délicat.

— Vous portez un talisman, observa l'Italienne. Est-ce contre le mauvais œil ? C'est une sage précaution, en ces lieux hantés.

— La maison de vos ancêtres… remarqua Chris moqueur. Vous semblez manifester peu de sympathie à leur égard.

Violetta posa son coude sur la table et appuya son menton dans sa main. Regardant le jeune homme dans les yeux, elle prit un air mystérieux.

— Ils menaient tous une vie d'aventurier et cachaient leur butin dans ce château. Mon défunt mari aurait dû détruire cette demeure sinistre au lieu de la restaurer à tout prix.

— Je ne partage pas votre avis, déclara Chris sur un ton solennel. Cette bâtisse est magnifique, et ne représente aucun danger pour ses occupants. Le *Signor* voulait la transformer en résidence d'été et il a parfaitement réussi cette opération difficile. Faites installer l'électricité et vous aurez moins peur des fantômes ! conclut-il en s'efforçant de ramener la conversation à un niveau plus sensé.

— Cela nécessite des démarches fastidieuses, fit paresseusement Violetta, dont le goût du drame n'échappait à aucun de ses deux invités.

Puis elle se tourna vers Claire.

— Craignez-vous l'obscurité ?

Chris répondit à la place de la jeune fille :

— Pas du tout.

La jeune Anglaise frissonna. Malgré l'assurance déployée par son employeur, elle ne se sentait pas très à l'aise. Non, le *castello* ne représentait pas pour elle le lieu plaisant décrit par le jeune auteur... Surtout dans l'obscurité, et à l'approche d'un violent orage...

Devinant ses pensées, Chris lui sourit et déclara :

— Quel cadre idéal pour situer l'intrigue de votre roman !

— Je n'ai pas l'intention d'écrire un mélodrame, rétorqua-t-elle vivement.

— Ainsi, vous écrivez également, *Signorina. Cristofo* et vous possédez beaucoup de points communs, n'est-ce pas ?

Devant le silence de l'un et l'autre, Violetta poursuivit, sur un ton faussement enjoué :

— Quel *bambino* génial vous pourriez avoir ensemble !

Claire rougit devant cette remarque inattendue. Cette femme n'avait aucun scrupule à dévoiler la vie privée des gens qu'elle prétendait inviter.

Chris sauva Claire d'une situation embarrassante, s'écriant tout à coup :

— Quelle idée ! Deux êtres géniaux ne donnent jamais naissance à un enfant surdoué. Il est reconnu que ces schémas ne se répètent pas d'une génération à l'autre. En outre, je ne m'imagine pas un seul instant en père de famille.

Violetta était ravie : elle parvenait à ses fins. Elle posa son regard sombre sur Chris et déclara, secrète :

— Comme cela m'intéresse ! Vous n'ignorez pas que je ne veux pas d'enfants non plus. Nous sommes déjà d'accord sur ce point. Vous connaissez mes sentiments à votre égard, *Cristofo*. Vous n'avez qu'un mot à dire et ce palace d'été, comme vous le nommez, est à vous…

Claire se raidit. L'Italienne parlait à Chris comme s'ils étaient seuls, délaissant totalement son invitée. Elle éprouva la sensation déplaisante de faire partie des meubles du salon. Violetta ne pouvait plus clairement déclarer son amour au jeune acteur ! Elle réclamait son droit sur lui, en propriétaire… Chris allait-il céder ? Soupçonnant initialement une liaison entre eux deux, Claire osait espérer qu'ils avaient rompu. A présent, devant tant de ruses, comme réagirait cet homme ? Ne pouvant apporter aucune réponse à ces interrogations, elle prit cependant une décision. Si la *Signora* Albanesi prolongeait son séjour au château, elle signifierait son congé à son employeur et retournerait en Angleterre. Elle ne supporterait pas davantage d'humiliations !

Roberto tira le jeune homme d'embarras, apportant le café dont l'arôme délicieux parfumait déjà la pièce. Derrière le masque tranquille de Christopher, la jeune fille essayait en vain de déceler la moindre indication. Accepterait-il la proposition tentante de la belle Italienne ? Le célèbre acteur aimait cette bâtisse, il ne le cachait pas, et il n'était certainement pas insensible au charme envoûtant de sa propriétaire…

Lorsque Roberto se retira du salon, Violetta entama un autre sujet de conversation, continuant à ignorer la jeune fille. Elle ne s'adressait qu'à Chris, lui parlant d'amis communs demeurant à Nice. Claire n'avait qu'une hâte : se sauver, loin de cette atmosphère hostile… Lorsque la soirée se termina enfin, Violetta glissa vers son invité un regard entendu.

— Restez encore un peu avec moi…

— Pas ce soir, répondit-il d'une voix ferme. Je dois encore travailler avant de me coucher. Ma pièce n'est pas tout à fait achevée. Veuillez me suivre, Miss Underwood, j'ai besoin de vos services.

Claire vit le visage de la *Signora* devenir livide. Elle foudroya la secrétaire d'un regard assassin. Si Christopher ne s'était pas trouvé à leurs côtés, celle-ci aurait craint, à raison, d'être exposée à la colère violente de son hôtesse. Heureusement, Violetta Albanesi refusait de se compromettre devant l'homme qu'elle aimait. Maîtrisant à grand peine sa rage, elle assista, impuissante, au départ du jeune couple. Toutefois, une dernière fois, elle tenta de retenir Chris.

— A plus tard, *Amore mio*.

— Je regrette, Violetta, ce ne sera vraiment pas possible.

Sa décision semblait irrévocable…

Ne désirant rien montrer de sa fureur, l'Italienne se leva, effectuant une sortie théâtrale.

— *Buona notte*…

Claire et Chris regagnèrent leurs appartements, pressés d'échapper à l'atmosphère tendue.

— N'aviez-vous pas entièrement fini votre chef-d'œuvre ? lança ironiquement la jeune Anglaise.

— Il me fallait bien trouver une excuse. Je ne pouvais plus supporter les réflexions déplacées de Violetta.

— Ne craigniez vous pas une telle réaction en acceptant son hospitalité ?

Chris passa la main dans ses cheveux, en signe d'impuissance.

— J'aime énormément cet endroit, et la *Signora* ne devait pas y mettre les pieds, trop occupée à séduire

96

toutes les personnalités en vue à Nice...

Claire ne pouvait espérer plus nette confession. Son employeur n'éprouvait, elle en possédait la preuve à présent, aucun sentiment pour la propriétaire du château. Soudain, elle n'eut qu'un seul désir : quitter ces lieux dès le lendemain, mais en compagnie de Chris, cette fois.

Parvenu devant la porte du bureau, le jeune homme pressa sur l'interrupteur. Le bouton ne répondait plus à ses sollicitations répétées. Au même moment, un éclair déchira le ciel, inondant la pièce un bref instant de lumière blanche. Chris ouvrit un tiroir, sortit quelques bougies.

— Je connais depuis longtemps les défaillances de cette demeure. J'y séjournais souvent, du vivant du *Signor* Albanesi. Mais je me conduisais toujours honorablement avec sa femme...

Cette situation s'était probablement modifiée après sa mort, ne put s'empêcher de penser Claire, convaincue d'une aventure passée ou présente entre Chris et l'Italienne. A Nice, ils semblaient tellement amoureux !

Elle s'empara d'une chandelle et s'apprêta à regagner sa chambre.

— Vous devez être très fatiguée, mon petit oiseau, la *Signora* ne vous a nullement ménagée... Quelle femme méchante ! Je plains l'homme qui sera un jour son mari.

Devant la franchise d'une telle affirmation, la jeune Anglaise fut prise d'un courage soudain.

— Si nous partions demain ?

— Je n'ai pas l'intention de m'enfuir comme un voleur ! Nous quitterons cette maison quand nous serons prêts, non à cause de Violetta. Elle m'a donné sa parole, elle ne peut nous renvoyer.

Sur le point de se retirer, Chris ôta sa veste. Un éclair gigantesque illumina chaque objet d'une lumière surna-

97

turelle. Il s'adressa doucement à la jeune fille.

— Vous ne redoutez pas les orages, j'espère. Celui-ci s'annonce terrible.

Trop effrayée pour répondre, Claire fit un signe de tête négatif. Il s'empressa d'ajouter :

— Si vous avez peur, n'hésitez pas à venir me chercher.

Sur ces mots, il disparut, sifflant joyeusement. Claire envia son insouciance et sa joie de vivre, même dans des circonstances délicates. De retour dans sa chambre, elle tira ses rideaux en toute hâte, désireuse de se protéger le plus possible de l'orage violent. Elle se coucha, à la lueur d'une flamme vacillante. L'intensité de la tempête diminuait-elle ? Peut-être le danger était-il définitivement écarté ? Petit à petit, ses membres crispés se détendirent, elle parvint à trouver le sommeil. Hélas, son repos se peupla de cauchemars horribles. Violetta la poursuivait, revêtant les traits d'un vampire... Ses lèvres avides se pressaient sur le cou de Chris... Un visage livide apparaissait à sa fenêtre... Finalement, un coup de tonnerre formidable retentit violemment. Claire se dressa brusquement sur son lit, en proie à la terreur.

7

Après plusieurs tentatives infructueuses, Claire parvint à allumer une bougie de sa main tremblante. Regardant sa montre, elle constata, à sa grande déception,
qu'il était seulement quatre heures du matin. Dehors,
l'orage grondait, menaçant. Les éclairs se succédaient
sans cesse, illuminant constamment la chambre. Le
vacarme du tonnerre empêchait tout espoir de repos.
Claire eut la nette impression de poursuivre son cauche-
mar, terrorisée par l'ampleur des éléments dechaînés.

N'osant pas bouger, la jeune fille se tenait recroque-
villée sur son lit entièrement défait. Comme elle aurait
souhaité la présence de Chris à ses côtés ! Elle avait
tellement besoin de se sentir rassurée. Peut-être le jeune
homme viendrait-il frapper à sa porte ? En réalité, la
demeure semblait aussi vide qu'un tombeau… A part
Christopher et Violetta, personne ne pouvait venir à son
secours. Les deux amis devaient dormir paisiblement,
habitués aux tempêtes fréquentes. Cependant, cette
idée paraissait insensée. Comment pouvait-on trouver
le sommeil au milieu d'un tel bruit ? Chris n'était pas
endormi, Claire en eut soudain la certitude. Elle décida
de se lever et d'attendre dans le bureau. Son employeur
viendrait certainement l'y rejoindre. Glissant hors de
son lit, elle enfila une robe de chambre par-dessus son
pyjama de coton léger. Elle regarda pensivement les

coudes élimés de son vêtement de nuit. Dès qu'elle aurait de l'argent, elle s'achèterait une tenue plus élégante. Elle rêvait depuis longtemps d'un déshabillé de satin garni de dentelle, comme devait en posséder Violetta Albanesi. Grâce au salaire princier alloué par son nouvel employeur, Claire pourrait bientôt se l'offrir. «Au moins, pensa-t-elle en nouant la ceinture usée, cette tenue n'a rien de compromettant… Si Violetta Albanesi m'apercevait à présent, elle ne me reprocherait plus mes toilettes sophistiquées!» Elle sourit à cette pensée. Les rideaux n'avaient pas été tirés dans la pièce adjacente. Les éclairs pénétraient par les deux grandes fenêtres donnant sur la cour du château. Tremblante, Claire s'avança, une bougie à la main, vers l'une des ouvertures. Brusquement, elle s'arrêta net. Son imagination fertile lui jouait-elle un mauvais tour? Son cœur battit à tout rompre. Contre la vitre, un visage meurtri dansait en ricanant. Elle poussa un cri, laissant tomber la chandelle… Elle se précipita en courant dans la chambre de Chris, sans même frapper à la porte.

Le jeune homme ne dormait pas. Debout devant la fenêtre, il regardait au dehors, absorbé dans une rêverie lointaine. Il avait ouvert les battants et s'exposait aux bourrasques. Vêtu uniquement de son pantalon de pyjama, il affrontait le déchaînement de l'orage, et les éléments en furie. Il semblait faire partie intégrante de ce décor dramatique. Incarnant l'image de la force virile, il ne ressemblait plus du tout au personnage raffiné qu'il campait si souvent. Malgré sa frayeur, la jeune Anglaise ne put s'empêcher d'admirer la finesse de ses muscles saillants et longs, la beauté racée de son profil dur. Ses cheveux fouettés par la tempête le rendaient encore plus sauvage et altier.

La jeune fille n'osait bouger, paralysée par l'émotion et le trouble qui s'étaient emparés d'elle. Chris était-il un dieu descendu sur terre pour calmer les esprits du mal ? Soudain, il prit conscience de sa présence et se retourna brusquement.

— Tiens, voilà mon hirondelle ! Venez profiter de ce magnifique spectacle.

Prenant la jeune fille par la main, il l'entraîna vers la fenêtre et passa un bras protecteur autour de sa taille. A travers les nuages qui se dispersaient, Claire put deviner la forme majestueuse de la montagne. A chaque éclair, celle-ci apparaissait comme en plein jour, l'espace d'une seconde. De surcroît, pressée contre le corps de Chris, elle avait une conscience aiguë de ses moindres frémissements. Emprisonnée par sa poigne ferme, elle se savait en sécurité près de lui. Brusquement, il lui fit face. Il saisit sa main libre et la plaqua derrière le dos de la jeune fille. Surprise, elle esquissa un geste de protestation. Mais avant qu'elle ait pu dire quoi que ce soit, Chris s'empara fougueusement de ses lèvres. L'étreinte qui les unissait était si forte que Claire crut fondre entre ses bras musclés. Elle ne se débattait plus, cherchant avidement ses baisers brûlants... D'un mouvement impatient, il enleva la robe de chambre de Claire dont la ceinture était déjà dénouée. Entre leurs deux chairs ne subsistait plus que la fine étoffe du pyjama de la jeune Anglaise. Elle frémit de désir, possédée totalement par ses élans fous. Leurs corps s'étreignaient, leurs cœurs battaient à l'unisson. Pour la première fois, Claire éprouvait un plaisir *intense*.

Une vague de sensations l'envahit, ses yeux se fermaient. Elle voulait que son trouble intense ne cesse jamais...

— Je veux que vous m'apparteniez, mon amour... lui murmura-t-il à l'oreille.

Soulevant Claire comme une plume, il la posa délicatement sur son lit défait. Il alla fermer la fenêtre et tira les rideaux d'un geste rapide. Puis, regardant la frêle jeune fille en souriant, il la rejoignit.

Claire lui aurait-elle cédé ? Se serait-elle ressaisie, consciente de son attitude irréparable ? Elle n'en sut jamais rien. Un flot de lumière crue envahit brusquement la chambre. Le faisceau d'une lampe balaya le sol, capturant la silhouette de Chris près du lit. Une forme sombre se tenait sur le seuil. Dans un frisson d'épouvante, Claire identifia ce corps immobile. Elle eut juste le temps de couvrir ses épaules nues avec sa vieille robe de chambre et d'aller se réfugier, les jambes flageolantes, dans un coin de la pièce. L'armoire imposante appuyée contre le mur près d'elle jetait une ombre propice. Elle retint son souffle, en proie à une panique intense. Il ne lui vint pas à l'esprit de défier ouvertement l'intruse, qui n'avait pas plus le droit qu'elle d'investir les appartements de Chris. La pensée d'une confrontation pénible avec son hôtesse la glaça.

Heureusement, toute l'attention de Violetta restait concentrée sur le jeune homme. Elle continuait à l'aveugler avec sa lampe, tel un lièvre pris dans un phare. Il replia ses bras sur sa poitrine nue et déclara rageusement :

— Vous ne manquez pas d'audace ! Moi qui pensais avoir la paix, au moins dans ma chambre.

— Cet orage était... si violent, balbutia l'Italienne. Mon aile a subi quelques dommages. Je venais vérifier que tout allait bien chez vous, *caro*.

— Je suis parfaitement en sécurité, rassurez-vous, répliqua Christopher. J'aime les tempêtes... Voulez-vous que je vienne inspecter les dégâts ?

Il se mit en face d'elle, afin de lui masquer la vue de la pièce.

— C'est très aimable à vous, *Cristofo*... J'avais si peur, seule dans mes appartements, à l'autre extrémité du château.

102

Sa voix sensuelle exprimait à la fois le désir et le reproche. Elle était demeurée seule car Chris n'avait pas pensé spontanément à la rejoindre…

— Après vous, Violetta, lança-t-il, soulagé, la poussant gentiment vers la porte.

L'espace d'une seconde, un éclair illumina la pièce. L'Italienne prit une expression épouvantée, en se rendant compte de la présence de Claire. Celle-ci se sentit défaillir en rencontrant le regard meurtrier de sa rivale. Violetta brandit sur la jeune fille le faisceau de sa lampe.

— *Mamma mia*, c'est pour elle que vous ne me rejoigniez pas, invectiva-t-elle, folle de rage.

La jeune secrétaire se ressaisit, rassemblant à grand peine les dernières forces qui lui restaient. Elle ne se laisserait pas intimider par la *Signora* !

— Je vous félicite, monsieur Raines, poursuivit-elle, sur un ton haineux. Vous amenez vos maîtresses sous mon toit, en mon absence… Même ma présence ne vous incommode guère !

— Claire n'est pas ce que vous prétendez. Elle travaille pour moi ; je vous donne ma parole qu'il ne s'est rien passé entre nous. En outre, je suis libre d'agir à ma guise !

Violetta l'interrompit vivement.

— Pas tant que vous resterez dans ma demeure !

— Claire craint les orages. Elle m'a demandé de lui tenir compagnie jusqu'à ce qu'il cesse, voilà tout.

— *Dio mio*, me prenez-vous pour une sotte ? Vous insistez pour que Miss Underwood se joigne à nous pour dîner, vous l'appelez par son prénom, l'invitez dans votre chambre… Votre seule façon de la dévisager est une insulte à ma dignité. Je ne supporterai pas sa présence un jour de plus dans ma maison ! J'exige que vous la renvoyiez dès demain !

103

Claire refusa d'écouter le flot d'injures qui s'échappait de la bouche de la *Signora*. Portant ses mains à ses oreilles, elle ferma également les yeux devant tant de cruauté. Elle aurait voulu disparaître immédiatement, ne plus jamais remettre les pieds dans ce château, dans ce pays... Demain, elle obtiendrait satisfaction. Chris la congédierait certainement. La camaraderie qui s'était installée entre eux ne survivrait pas aux événements de cette nuit. Il la haïrait de s'être comportée avec tant de légèreté.

Violetta se tut enfin et Claire entendit la voix de Chris lui parvenir comme dans un songe.

— Parlez avec plus de respect de celle qui sera bientôt ma femme...

L'Italienne s'empourpra, puis fut secouée d'un petit rire nerveux.

— Votre femme ? Cette créature insignifiante ? J'admire vos actes chevaleresques, *caro*, mais vous poussez un peu loin la plaisanterie. Ne faites pas inutilement souffrir cette pauvre fille ! Allons, soyez sérieux. Comment Cedric Radford, le comédien à la réputation internationale, envisage-t-il un instant d'épouser une sotte...

Chris explosa.

— Je vous interdis de l'insulter ! Je ne pourrais l'annoncer plus clairement : que cela vous plaise ou non, Claire Underwood est la femme que j'ai choisie.

S'avançant vers la jeune Anglaise, il passa son bras autour de ses épaules fragiles. D'une voix douce, il poursuivit :

— Je la trouve sympathique et je ne puis renoncer à son aide précieuse. Un homme célèbre aime les compagnes discrètes, paisibles. Il n'aime pas partager sa gloire avec quiconque.

Sa dernière réplique s'adressait manifestement à

Violetta. De toute évidence, l'impétueuse *Signora* n'accepterait jamais d'être éclipsée par un homme, aussi séduisant soit-il.

Au comble de la colère, l'Italienne sortit une dernière fois ses griffes acérées.

— Vous aurez le loisir d'informer les journalistes de votre décision, en quittant le château demain.

— Cette annonce ne présente pas un caractère urgent. Je préviendrai moi-même la presse britannique lorsque nous regagnerons Londres…

Chris pressa doucement les épaules de Claire en signe d'affection et de soutien. Elle s'appuya légèrement contre lui, heureuse de se sentir protégée et peut-être, aimée. Les actes du jeune homme paraissaient tellement imprévisibles ! Il affrontait sans crainte les foudres de la *Signora* Albanesi et défendait si courageusement sa petite hirondelle. Un instant, Claire ressentit un sentiment de pitié vis-à-vis de cette femme si dure.

— Je vous ordonne de quitter ces lieux, demain à l'aube. Je ne sais ce qui me retient de vous jeter dehors sur-le-champ. Mais il ne sera pas dit que Violetta Albanesi se conduise aussi honteusement avec ses hôtes, même quand ceux-ci s'avèrent indignes de sa confiance…

La sortie théâtrale de l'Italienne fut gâchée par la maladresse de Chris. Il voulut allumer une des bougies. Craquant une allumette, il en jeta l'extrémité mal éteinte sur le sol. La robe de Violetta prit feu avec une rapidité folle. Chris saisit en toute hâte une couverture du lit, se précipita sur elle et la recouvrit du plaid pour étouffer les flammes. Cette dernière, complètement affolée, cria et se débattit. Puis, se rendant compte que tout danger était écarté, elle foudroya du regard ses invités et quitta promptement la pièce. La porte claqua

bruyamment et de petits pas nerveux résonnèrent longtemps le long du corridor.

— Charmante ! s'écria Chris, aussitôt après son départ. Quel spectacle navrant... Une femme si belle et si
cultivée, quel dommage ! Violetta devrait monter sur
les planches...

Il alla ouvrir la fenêtre. Le jour pointait à l'horizon et
la pluie tombait doucement.

— Le danger est définitivement écarté, mon petit
oiseau. Vous devriez retourner dans votre chambre et
essayer de dormir un peu.

Le beau visage de Claire se tourna vers Chris. Elle
posa sur lui des yeux interrogateurs et inquiets.

— Mais, Chris, où irons nous, qu'allons-nous faire ?

Il prit un air préoccupé.

— Allons nous coucher. Nous nous attaquerons à ces
problèmes demain... je veux dire tout à l'heure. Si
seulement j'avais envisagé une minute l'arrivée de Violetta au château, je ne vous y aurais jamais emmenée.
Tout est de ma faute...

Elle retourna dans sa chambre, touchée par les paroles du jeune homme. Même s'il n'était pas totalement
sincère lorsqu'il prétendait vouloir l'épouser, il éprouvait pour elle une tendre affection. De plus, il avait su si
bien la défendre cette nuit !

De retour dans la pièce fraîche, Claire s'assit sur le
rebord de sa fenêtre, scrutant l'horizon qui se dévoilait
peu à peu. Soudain, sa conduite lui apparut dans son
énormité. Comment réagirait sa famille si elle apprenait
son comportement irresponsable ? Les Underwood
étaient puritains et avaient élevé leur enfant unique dans
le souci le plus absolu de la morale religieuse. Une
jeune fille ne devait se donner qu'à un seul homme,
celui qui deviendrait son mari... Ses sentiments pour
Chris étaient forts, mais contradictoires. Elle l'aimait

pour sa gaieté et sa générosité, mais elle déplorait sa frivolité et sa moralité parfois douteuse. Les événements de la nuit lui laissaient un goût amer dans la bouche. Si Violetta n'avait pas interrompu leurs ébats, peut-être Claire regretterait-elle à présent une faute irréparable ? Quelle preuve Christopher lui donnait-il de son amour ?

Fatigué de l'éprouvante Italienne, sans doute cherchait-il une aventure plus calme avec Claire. Quand il serait lassé de la jeune Anglaise, il l'abandonnerait de la même façon. Christopher prenait les femmes quand elles s'offraient à lui. Profitant de la faiblesse de Claire, et de la violence de l'orage, il s'apprêtait à la séduire sans scrupules...

Restait l'annonce de leur mariage... Chris ne risquait rien en prétendant vouloir l'épouser. Claire lui était reconnaissante de ce mouvement spontané, destiné à ne pas la compromettre devant Violetta. Une fois loin du château, il oublierait cette offre insensée. Elle trouva ce jeu cruel. Malgré tous ses défauts, le jeune écrivain tenait une place immense dans son cœur, et elle se rendait compte petit à petit que son plus cher désir serait de devenir sa femme.

S'éloignant de la fenêtre, elle s'allongea sur son lit défait. Anéantie par la fatigue et le désespoir, elle pleura amèrement. Au bout de quelques minutes, elle sombra dans un sommeil profond...

Elle se réveilla grâce aux rayons du soleil inondant la pièce. Elle avait oublié de tirer les rideaux. Se mettant prestement debout, elle contempla le paisible paysage matinal. Le ciel d'un bleu profond et l'air transparent contrastaient tellement avec les tornades de la veille ! Par l'autre ouverture, elle distingua les teintes colorées d'un massif de fleurs. «Courageuses survivantes», pensa Claire, en remarquant la tige mutilée des marguerites. Les événements de la nuit s'estompaient, comme un mauvais rêve...

On frappa de petits coups à sa porte. En réponse à son *'avanti'*, Emilia entra, chargée d'un plateau. Elle déposa le café et les croissants sur la table.

— *E tardi,* fit-elle en souriant.

Elle expliqua dans sa langue que toute le village avait assisté, effrayé, à la *tempesta terrificante.* Au château, tous dormaient profondément. La *Signora* pouvait prendre tout son temps pour savourer le premier repas de la journée...

Claire suivit ce sage conseil et dégusta son petit déjeuner avec délice. A nouveau le souvenir du dîner de la veille lui traversa l'esprit. Elle s'affola en se rappelant sa conduite inexcusable... Non, elle n'avait pu délibérément se jeter dans les bras de Chris ! La *Signora* Albanesi n'avait jamais dû, quant à elle, se conduire d'une façon aussi légère. La jeune Anglaise crut mourir de honte à l'évocation de son comportement. A cette image, succéda celle de Chris bravant l'orage, à demi nu face à la fenêtre ouverte... Sa beauté virile, son physique parfait, son succès incontesté, dans sa carrière comme auprès des femmes, l'apparentaient à un personnage mythique. Quel intérêt pouvait-il éprouver à rechercher la compagnie d'une petite secrétaire ? Elle lui en voulait secrètement de lui laisser espérer une situation dont elle rêvait, dans le seul but de la taquiner...

Un bruit provenant du bureau la tira de sa méditation. Entrouvrant légèrement la porte, Clara aperçut Roberto. Le serviteur rassemblait tous les effets de Chris. Elle alla se placer devant la fenêtre donnant sur la cour, et reconnut la voiture du jeune écrivain, le coffre était ouvert, et on le remplissait de bagages. Il quittait donc le château, sans tenter de se réconcilier avec son hôtesse… Soudain, la jeune fille fut saisie de panique. Peut-être partirait-il sans l'attendre ? Elle se précipita sous la douche, puis s'habilla en toute hâte. Elle opta pour une robe sobre et peu fragile, qui conviendrait parfaitement à un long voyage. Mais y aurait-il réellement un voyage ? Elle se promit de ne pas le suivre dans une autre retraite campagnarde…

Emilia vint prendre les valises de Claire qui vit avec soulagement ses craintes s'envoler. Une fois la servante partie, elle demeura quelques instants dans le bureau, intimidée à la pensée de revoir son employeur. Elle s'arrêta devant le miroir. Etait-ce son visage qui lui apparaissait soudain ? Elle ne pouvait le croire ! Le manque de sommeil y avait effectué des ravages. Claire eut honte de son teint livide et de ses traits tirés. Sous ses grands yeux noirs, elle vit avec consternation deux cernes profondément dessinés. Pendant une seconde, elle hésita. Se maquillerait-elle pour estomper la marque dévastatrice apportée par cette nuit mouvementée ? La peur de demeurer seule dans ce lieu sinistre la décida. Elle préférait quitter le château avec Chris, même si elle arborait une mine défaite. Elle savait que son patron n'aimait pas attendre… Dans un mouvement d'humeur, il serait capable de partir sans elle…

La jeune Anglaise ne se trompait pas. Parvenue dans la cour du château, elle se dirigea vers le véhicule dont le moteur ronflait déjà. Debout, près de la portière avant, Chris manifestait des signes d'impatience. Martelant le sol de son pied, il leva la tête d'un geste brusque à l'approche de Claire. Il fulminait.

— Combien de temps vous faut-il pour vous préparer ? J'ai cru que vous ne viendriez jamais. Il me tarde tant de partir de cet endroit…

Manifestement, le jeune auteur ne supportait plus le *castello*. Peut-être avait-il supplié en vain Violetta de revenir sur sa décision ? Sa mauvaise humeur redonna curieusement confiance à Claire. Elle chercha calmement Emilia du regard.

— Dépêchez-vous, commenta-t-il, agacé. Qui attendez-vous à présent ?

— J'aimerais dire au revoir à Emilia, je la trouve si aimable.

— Elle travaille, et je pense qu'il vaut mieux ne pas la déranger...

S'adressant à Roberto, Chris sortit de sa poche une liasse de billets de banque.

— Voici pour vous, cher Roberto ; partagez avec Emilia en lui faisant part des *adios* de la *signorina*.

Sans plus tarder, il se mit au volant et ouvrit de l'intérieur la porte de sa passagère, qui s'installa à ses côtés. Il dévisagea Claire avant de s'écrier :

— Enlevez ces horribles lunettes noires, vous ressemblez à une chouette !

Elle obtempéra. Grâce à ce subterfuge, elle avait souhaité dissimuler le plus possible ses yeux cernés, mais devant la réaction vive du jeune homme, elle préféra satisfaire ses caprices. Elle n'avait pas peur de lui ; elle se montrait simplement diplomate dans les moments difficiles...

— Etes-vous parvenu à trouver le sommeil ? s'enquit-elle doucement.

— J'ai eu du mal, grogna-t-il, visiblement énervé par la remarque de Claire.

Celle-ci se cala confortablement sur son siège en arrangeant soigneusement sa jupe. Avec malice, elle susurra :

— Vous semblez plutôt froid, pour un fiancé. Je m'attendais de votre part à un salut matinal plus chaleureux...

Chris refusa de s'étendre sur ce sujet. Il démarra.

— Nous reparlerons de tout cela plus tard, riposta-t-il tandis qu'ils franchissaient le portail du domaine.

— Où allons-nous ?

— Nous rentrons en Angleterre.

Claire ne chercha pas à savoir ce qu'il entendait exactement par ce terme vague. Il songeait certainement à Londres. Quant à elle, son foyer se trouvait également dans ce pays, et il serait bon d'y retourner, après tant de péripéties…

Après quelques minutes, le jeune homme parut se détendre.

— Nous traverserons les Alpes, puis toute la France. Nous devrions effectuer ce voyage en très peu de temps, je suppose. Ma voiture est très fiable sur de grandes distances. Seriez-vous capable de me guider ? Pouvez-vous lire une carte ?

— Je ne l'ai encore jamais fait.

— Quel dommage ! Vous ne m'aiderez pas beaucoup…

Retombant dans un silence hostile, Chris se concentra sur la conduite. La route tortueuse exigeait une attention constante de la part du chauffeur. Il négociait admirablement les nombreux virages qui jalonnaient leur descente. Claire se renversa sur son siège, essayant de garder dans sa mémoire une dernière image du château. Ses murs dorés reflétaient les teintes douces du soleil levant. Sa silhouette massive se découpait d'un bloc sur la forêt sombre et touffue. Claire s'attendait presque à voir apparaître la belle châtelaine à la chevelure rousse leur faisant signe de revenir… Mais la cour pavée demeurait vide de toute présence humaine. Même Roberto avait tourné les talons…

La jeune fille posa ensuite son regard sur Chris. Son visage désespérément fermé la mit mal à l'aise. Regrettait-il de quitter Violetta ? En voulait-il à sa secrétaire de bouleverser ses plans ? Qu'il se rassure, elle ne l'embarrasserait plus lontemps ! Au prochain village, il n'avait qu'à la déposer devant la gare et elle se débrouillerait pour rentrer seule. Elle en était convaincue : Chris la laisserait partir avec soulagement. Désormais, ils n'avaient plus rien à se dire…

8

Dès qu'ils furent loin du château, la mauvaise humeur de Chris s'envola. Ils rejoignirent l'autoroute qui menait à la frontière française. Claire savait que le jeune homme ne restait jamais longtemps fâché. Le pli dur de sa bouche disparut et il se mit à entonner une chanson de sa belle voix grave :

— «Il ne mangeait plus, ne buvait plus, car il mourait d'amour pour sa belle».

— Vous ne manquez pas d'humour, lui lança Claire, se rappelant qu'il lui avait à peine dit bonjour le matin même...

Elle était consciente de sa triste mine, mais n'avait pas accepté qu'il la compare à une chouette ! Même si c'était la vérité, elle se sentait vexée et blessée dans son amour-propre par cette remarque désobligeante.

— Vous ne mourrez jamais d'amour pour une femme, finit-elle par expliquer.

— L'homme qui chantait cette chanson possédait plus de cœur que de bon sens, ce qui n'est pas mon cas. Cependant, il existe des exceptions à toutes les règles. Parfois, le mâle le plus insensible ne peut résister aux charmes d'une tendre biche... N'est-ce pas un thème souvent utilisé par vos romanciers favoris ? L'homme viril subjugué par la frêle jeune fille ?

Se tournant vers sa secrétaire, il semblait quêter une

réponse. Celle-ci préféra éluder la question. Chris changea volontairement de sujet.

— Avez-vous dormi un peu après mon départ ?

— Oui, je vous remercie rétorqua-t-elle sèchement.

Elle se crispa à l'évocation des événements de la veille.

Lui jetant une œillade rapide, Chris se replongea pendant quelques instants dans un mutisme évocateur. Soudain, il explosa :

— Je vous en prie, Claire, il faut me pardonner ma conduite de la nuit dernière. Les orages me mettent toujours dans un état… second. Les éclairs et le tonnerre me grisent, comme du bon vin. Je ne parviens plus très bien à me contrôler et… heureusement, il n'y a eu aucun mal, conclut-il avec un sourire navré.

Elle fut sidérée par la manière dont il narrait l'incident. N'avait-il pas tenté de la séduire ? Elle se servit du même argument que lui pour se justifier.

— Il est vrai que je ne me suis pas rendu compte de ce qui se passait exactement. Je suppose que la tempête m'a également énervée. Néanmoins, je me souviens de l'entrée inopportune de la *Signora* Albanesi et de ses insinuations quant à ma présence dans votre chambre :

— Cette furie a tout gâché ! Vous ne vous rappelez pas d'autres détails ?

— Non, absolument pas, coupa Claire, d'un ton ferme.

— Vous ne m'en voulez pas ?

— Pourquoi vous en voudrais-je ?

Le jeune homme dépassa un énorme camion.

— J'ai émis l'idée de vous épouser, me semble-t-il.

— C'était très aimable de votre part de me protéger ainsi des méchancetés de Violetta. Je n'oublierai jamais votre beau geste d'amitié. Ne parlons plus de tout cela, voulez-vous ?

— Est-ce votre souhait ? s'enquit-il avec une mine déçappointée.

— S'il vous plaît.

— Ce ne sera peut-être pas si simple. J'ai peur que Violetta ne complique cette histoire… Mais, vous avez raison, nous discuterons de cela plus tard.

Claire soupira. Elle souhaitait ne plus évoquer ces pénibles événements. Que pouvait la *Signora* Albanesi contre la décision de Chris ? En outre, la presse raffolait habituellement de scandales plus affriolants que celui réservé par l'Italienne. D'autre part, de tels bruits renforceraient l'image de marque de Cedric Randford… Si Christopher Raines ne s'était pas réconcilié auparavant avec Violetta. Ils se connaissaient de longue date et leur discorde ne durerait pas… Pour l'instant, il se consacrait entièrement à sa pièce et ne supportait pas l'attitude possessive de la châtelaine. Mais il aimait le site sauvage du *castello* et y retournerait certainement, une fois ses représentations terminées. Il appréciait de surcroît les femmes du monde, et la *Signora* Albanesi faisait sans conteste partie de cette catégorie. Comment Chris, homme de goût, envisageait-il d'écarter définitivement de son chemin une créature si ravissante ?

Sur la route, les deux jeunes gens s'arrêtèrent fréquemment pour se restaurer ou téléphoner. Chris communiquait à ses associés londoniens sa décision de quitter l'Italie plus tôt que prévu. Ils commenceraient à travailler dès que possible. Visiblement, M. Raines comptait emmener sa secrétaire avec lui jusqu'à Londres, car il lui demandait déjà de prendre note de certains détails concernant la pièce. Claire cherchait comment lui annoncer son intention de le quitter. Elle ne pourrait jamais vivre à ses côtés, comme par le passé. Elle craindrait trop ses propres réactions vis-à-vis de lui. Si l'intention de Chris était de jouer avec ses sentiments, il pouvait engager une autre collaboratrice, qui serait enchantée de satisfaire ses désirs...

Comme ils faisaient halte dans un village pour boire un café, Claire lui présenta sa démission.

— Je vais rentrer seule en Angleterre, cela me paraît plus sage. Je ne désire plus travailler pour vous.

— Je savais que vous ne m'accordiez plus votre confiance...

Claire eut un petit rire nerveux.

Que se passerait-il si un autre orage éclatait ?

— Je ne recommence jamais deux fois le même acte. Ce serait du mauvais théâtre ! Quant à vous, ma chère, vous vous souvenez de chaque détail de cette soirée ; cependant, vous faites preuve d'une hypocrisie flagrante en simulant l'oubli. Vous n'acceptez pas que l'on puisse porter atteinte à votre puritanisme.

— Voulez-vous vraiment parler de ce sujet ? demanda vivement Claire.

— Non, si vous n'y tenez pas. Revenons à votre idée absurde. Pourquoi entreprendriez-vous les frais d'un long voyage alors que je me rends au même endroit ? Je vous promets de bien me conduire. Par ailleurs, ne craignez rien. Je suis trop fatigué pour penser à quoi que ce soit d'autre.

Elle se rangea à l'opinion du jeune homme. Le peu d'argent qu'elle possédait la décida. Elle aimait également la beauté sauvage des Alpes et se réjouissait à la pensée de traverser bientôt la France. Peut-être ne reviendrait-elle plus jamais dans ces contrées ?

Chris remarqua le regard émerveillé de Claire sur le paysage et lui sourit doucement.

— Allons, petite hirondelle, laissez-vous convaincre. Je sais que vous mourez d'envie de poursuivre ce voyage... Sans doute des aventures exceptionnelles

116

nous attendent-elles de l'autre côté de ces montagnes ?
Comment vous sentez-vous ?

— Oh, je suis résistante ! Si seulement je pouvais conduire, je vous relaierais au volant.

— C'est parfait ainsi, s'exclama Chris. Je ne supporte pas de rester inactif. Vous restez avec moi ?

— Oui, Chris, je souhaite profiter au maximum de ce périple touristique !

— Vous ne redoutez pas trop votre compagnon ?

La jeune fille fit un signe de tête négatif et contempla le décor de rêve qui s'offrait à ses yeux. Les sommets enneigés des Alpes contrastaient avec les petites vallées riantes de l'Aoste. Ils pénétrèrent en France par le tunnel du Mont-Blanc, le plus long du monde. Chris pensait faire étape à Dijon pour le déjeuner. Il y connaissait un couple sympathique de restaurateurs qui préparaient une merveilleuse cuisine du terroir.

Les voyageurs épuisés furent accueillis à bras ouverts.

— Monsieur Raines, s'écria la patronne, ravie. Vous êtes-vous enfin décidé à vous marier ?

— Oui, répliqua Chris, sur un ton naturel.

Claire s'empourpra. Les aubergistes la félicitèrent, l'embrassant chaleureusement. Après un excellent repas, ils reprirent la route, plus détendus. Dépassant un énorme camion anglais, Chris soupira.

— Si je cesse un jour de jouer la comédie, j'aimerais conduire de tels engins.

— Vous ? s'enquit la jeune Anglaise, incrédule.

— Je ne me lasse pas de voyager.

Une femme le persuaderait-elle un jour de se stabiliser ?

Ils atteignirent Reims dans la soirée. En pleine période touristique, ils avaient peu de chance de découvrir facilement un hôtel. Après maints échecs, ils se rabattirent sur un petit établissement ne possédant plus qu'une chambre à deux lits.

— Prenez-la, fit immédiatement Chris, je dormirai dans la voiture.

— Il n'en est pas question, répliqua-t-elle aussitôt. Vous conduisez, vous avez donc la priorité. Je m'arrangerai pour me reposer dans votre automobile.

— Je ne vous laisserai pas…

— C'est une très bonne chambre, insista l'hôtelier. Les lits sont très confortables, il y a une belle salle de bains, Monsieur ne trouvera rien de mieux…

Claire respira profondément, avant de déclarer :

— Prenons la, Chris, ou nous n'aurons plus rien. Nous la partagerons.

Chris haussa les sourcils.

— Cela ne vous gêne pas ?

— Pour qui me prenez-vous ? Je ne suis pas une mauviette… De toute façon, il fallait se décider, et vite.

— Bravo, petit oiseau, j'admire votre courage…

— N'importe quelle personne sensée en aurait fait autant !

Ils réservèrent la chambre, y portèrent leurs vêtements de nuit et de toilette. Deux lits, un grand et un petit, et une armoire meublaient simplement la pièce. La salle de bains contenait une douche et une baignoire.

Chris promena sur la chambre un regard approbateur.

— Je vais prendre une couverture, commença-t-il, et m'allonger dans la baignoire.

— Ne soyez pas ridicule. Vous dormirez ici. Si vous monopolisez la salle d'eau, où irai-je pour faire ma toilette ?

— Très bien, admit Chris… Si nous dînions ?

Le restaurant de l'hôtel regorgeait de touristes anglais. Les deux jeunes gens étaient trop épuisés pour en chercher un autre plus typique, et se contentèrent du menu familial proposé. Claire mangea du bout des lèvres, malgré l'insistance de son compagnon l'encourageant à se resservir. Elle se sentait tellement lasse...

Le repas achevé, Chris l'interrogea.

— Préférez-vous monter en premier ?

— Allez-y, vous semblez encore plus fatigué que moi. Dans une minute, vous vous endormirez sur la table...

Sans attendre, le jeune homme se leva.

— Dans dix minutes, vous pourrez me rejoindre. Je dormirai à poings fermés. Bonne nuit, petite hirondelle.

La jeune Anglaise regarda tendrement Chris s'éloigner. Décidé à rallier Londres au plus vite, il conduisait presque jusqu'à l'épuisement. Quant il entreprenait un projet, il aimait en venir à bout tout de suite...

Un quart d'heure plus tard, Claire prit à son tour le chemin de l'hôtel. Parvenue devant la porte de leur chambre, elle frappa quelques coups discrets afin de s'assurer que Chris dormait bien. N'obtenant pas de réponse, elle poussa doucement le battant. Le jeune homme sommeillait, malgré la lumière toujours allumée près de lui. Le sol était jonché de ses vêtements épars. Claire les ramassa un à un et les plia soigneusement. De temps en temps, elle jetait vers le lit des regards inquiets. Elle sourit, comme une mère contemplant son enfant endormi... Il paraissait si vulnérable !

La jeune fille prit une douche rapide et enfila sa robe de chambre. Près du grand lit, elle s'immobilisa à nouveau et constata que le drap avait glissé des épaules nues de Chris. Délicatement, elle recouvrit son torse puissant et hâlé.

Dans son sommeil, il lui appartenait totalement. Elle l'aimait de toutes ses forces, elle en était sûre, et il n'y aurait jamais d'autre homme dans sa vie ! Elle ressentait à présent plus qu'une simple attirance physique pour lui. Elle comprenait enfin son tempérament vif et son amour de la liberté. Il vivait intensément le présent, accumulant le plus d'expériences possibles. Il se lassait hélas très vite de la nouveauté, et sans doute, se séparerait-il de Claire une fois arrivé à Londres…

Chris esquissa un mouvement, comme s'il sentait la présence de sa secrétaire à son chevet.

— Notez cela, Claire…, murmura-t-il. Début de l'acte deux, scène trois…

Puis il se tourna, poursuivant silencieusement le cours de son rêve.

Le visage fatigué de la jeune Anglaise s'illumina d'un sourire infiniment tendre. Elle éteignit la lumière et se glissa sous ses couvertures. Dans le silence de la nuit, elle écoutait la respiration profonde de Chris. Jamais elle ne serait si proche de lui. Demain, ils reprendraient le cours de leur périple et, parvenus en Angleterre, leurs styles de vie si différents… Il ne ferait plus attention à elle, entouré de ses admirateurs.

Lorsque Claire s'éveilla le lendemain, Chris était déjà descendu. Elle se prépara en hâte pour ne pas le faire attendre. Après un petit déjeuner copieux, ils reprirent la route sans s'attarder dans la ville.

Chris conduisait à un train d'enfer, et elle ne voyait qu'un long ruban noir défiler sous ses yeux. Cependant, elle n'aurait pas cédé sa place pour un empire ! Appréciant avec délice la conduite experte de son compagnon, elle ne parla pas, et se contenta à plusieurs reprises de contempler à son insu, son beau profil aquilin. Elle aurait tant voulu que ce voyage ne s'arrêtât jamais !

Deux jours plus tard, ils arrivèrent en vue des côtes anglaises. Le bateau pour Douvres venait de partir, et ils durent passer la nuit dans une pension de famille où hommes et femmes faisaient chambre à part. Croisant un couple âgé, Claire soupira tristement. Dans un rêve,

120

elle se vit, menant la vie monotone d'une employée de bureau modèle... Son cœur se brisa. Après l'épisode passionnant vécu avec Chris, comment pourrait-elle retomber dans sa morne existence passée ?

Lorsqu'elle lui annoncerait son départ, peut-être son employeur exprimerait-il quelques regrets ?

Le *ferry* quittait la France à midi. L'air était frais et la plupart des passagers préféraient s'agglutiner dans les bars et dans le restaurant. Malgré le vent, tous deux décidèrent d'effectuer la traversée sur le pont. Munis de chandails confortables et de foulards, ils regardaient disparaître le continent, debout, côte à côte. A l'horizon s'élèveraient bientôt les falaises crayeuses de Douvres, blanches et majestueuses.

— Irez-vous directement à Londres, après le débarquement ? s'enquit Claire, d'une voix neutre.

— Telle était mon intention. Désiriez-vous visiter une autre ville ?

— Non. Si cela ne vous dérange pas, j'aimerais que vous me déposiez à la gare. Peut-être serai-je chez moi avant la nuit ?

Les yeux fixés sur la mer, la jeune fille attendait une réponse. Chris ne réagit pas, n'essaya pas de la retenir, mais répliqua simplement, d'une voix neutre :

— Oui, vous avez raison, c'est mieux ainsi...

Claire crut recevoir une gifle. Il la laissait partir, sans exprimer la moindre protestation, se passant très facilement de ses services... Que d'illusions perdues en une seconde !

— Que ferez-vous, de retour chez vous ? Je ne vous imagine pas restant inactive.

— Je ne me permettrais pas un tel luxe ! J'ai besoin de travailler, vous le savez.

— Je vous remettrai une somme importante, pour vous dédommager de votre démission.

Il fit une pause, puis poursuivit, sur un ton détaché :

— Il me faudra retrouver une autre secrétaire… Vous ne pourrez pas assumer tous les rôles.

— … Quels… rôles ?

Il l'examina attentivement avant de s'expliquer :

— Et bien, voici mon plan. Dans six semaines, nous jouerons notre pièce à Manchester. Jusqu'à cette date, je n'aurai pas de temps libre. Vous profiterez de ce délai pour annoncer la nouvelle de nos fiançailles à vos parents. Lorsque je vous rejoindrai, vous me présenterez à eux.

Claire le dévisageait, les yeux hagards.

— Mais, Chris, quand cesserez-vous enfin de vous moquer de moi ? L'amour est un sujet grave, pas un jeu.

Il lui caressa doucement la joue et lui sourit.

— Croyez-vous que je possède une si courte mémoire ? Pendant deux jours, nous avons dormi ensemble. Je serais le dernier des sots si je ne vous gardais pas près de moi pour toujours !

— Vous voulez… m'épouser !

— C'est une solution envisageable, fit-il en riant. Mais rassurez-vous, le mariage ne signifie plus grand chose, de nos jours. Il vous sera très facile de divorcer dès que vous aurez enfin trouvé l'homme que vous recherchez réellement… le père de vos enfants. Avouez que j'ai bien retenu tout ce que vous m'avez confié un jour…

Le vent balayant le pont du navire devint soudain glacial, et Claire dut s'agripper fortement à la passerelle pour ne pas chanceler. La proposition de Chris résonnait à ses oreilles. Il lui offrirait son nom, l'épouserait, pour divorcer aussitôt ! Cela dans l'unique but de préserver l'honneur de la jeune fille ! Elle fulminait. Une telle situation l'humiliait encore davantage, car elle aimait Chris de toute son âme et désirait tellement devenir sa femme ! A part Violetta, personne ne connaissait l'existence de leurs ébats amoureux… En outre, Claire était majeure et pouvait se comporter comme elle l'entendait.

— Est-ce pour la *Signora* Albanesi que vous manifestez tant de scrupules ?

— Tout à fait. Cette femme constitue une menace pour ma vie privée… et pour ma carrière. Si elle me sait marié, elle ne m'importunera plus. Il s'agit donc d'un mariage unissant nos intérêts à tous deux. De plus, je vous promets une belle cérémonie et une bague superbe, que vous garderez, en signe de mon amitié pour vous.

La première réaction de Claire devant le discours du jeune homme fut de le gifler à toute volée. Comment osait-il se montrer si égoïste et intéressé ? Cependant, sa voix sonnait faux lorsqu'il tentait de la convaincre de l'utilité de son plan trop bien élaboré. Seul le passage concernant la bague parut sincère à la jeune fille. Elle se sentit touchée par tant de naïveté, et décida de jouer le jeu de Chris. A vrai dire, elle désirait lui soustraire quelques explications sur ses relations avec la séduisante Italienne.

— Vous fuyez la *Signora*, mais cela est une attitude récente de votre part. Vous ne pouvez nier l'avoir un jour adorée ?

— Eh bien, … nous étions… très proches, Violetta et moi, pendant quelque temps… répondit-il, embarrassé. Mais je ne suis pas un homme que l'on épouse. De plus, le mariage nuirait à ma profession.

— Pourquoi donc alors me le proposez-vous ?

— Notre union sera de courte durée.

— Si vous aviez pris Violetta pour femme, vous auriez également profité de son magnifique *castello*…

Chris se révolta.

— L'argent? Je peux en gagner autant que j'en souhaite! Son château ne m'intéresse pas du tout! Quant à Violetta, elle est bien trop possessive, et sa beauté décline dangereusement! De plus, elle ne supporte pas les bébés. Si je suis un jour assez fou pour me marier, je tiens à être père.

— Je partage entièrement votre opinion, ajouta timidement Claire. Les enfant sont indispensables à un foyer uni.

— Est-ce la raison pour laquelle vous me quittez? Sans doute aimez-vous un homme qui vous attend patiemment, dans le nord de l'Angleterre, et vous mourez d'envie de le rejoindre au plus vite, petit oiseau sauvage...

— Peut-être... rétorqua-t-elle en demeurant volontairement évasive. Quelques hommes ne fuient pas la vie de couple! Je peux faire une bonne épouse.

— La meilleure, pour qui sait vous mériter... Ce qui n'est pas mon cas.

Claire devinait parfaitement ses sentiments, il n'avait pas besoin de parler davantage.

— Vous seriez le dernier auquel je penserais pour fonder une famille! riposta-t-elle brusquement en se tournant brusquement pour cacher ses larmes.

— Je vous remercie! s'exclama-t-il en s'éloignant, furieux.

«Je l'ai blessé dans son amour-propre», pensa la jeune fille avec satisfaction.

— Séparons-nous à Londres, lança-t-elle d'une voix décidée. Je rentrerai chez moi, libre comme l'air...

Chris revint vers elle, l'air peiné.

— Non, chérie, ne dites pas cela. Quand les préparatifs de ma pièce seront terminés, je me consacrerai entièrement à vous. Nous nous marierons à Londres, et annulerons la cérémonie dès que vous le souhaiterez.

Elle esquissa un mouvement de réprobation.

Il poursuivit aussitôt, enjôleur :

— Nous fêterons cet événement dans le plus beau palace de la région. Vous aurez une robe extraordinaire, tout le monde vous enviera... Nous nous amuserons énormément !

— Il ne vous est jamais venu à l'esprit que ce genre de fête ne m'amuse pas du tout ? interrompit Claire, d'un ton cassant.

— Mon Dieu ! Vous êtes encore plus puritaine que je ne le soupçonnais !

Chris fit quelques pas sur le pont sous le regard perplexe de la jeune fille. Si elle acceptait cette proposition, elle profiterait au moins quelques semaines de la présence si chère de celui qu'elle aimait follement... Jusqu'à ce qu'il la renvoie pour toujours !

Lorsqu'il revint près d'elle, Claire éprouva une envie irrésistible de se jeter dans ses bras. Comment réagirait-il alors ? Se moquerait-il d'elle ? Cette pensée intolérable la fit frémir. Elle garda sagement ses distances.

— Claire, ma chérie, je fais appel à votre bon cœur. Ne me laissez pas dans les filets de cette Italienne !

Elle frissonna.

— N'avez-vous jamais donné à Violetta quelques espoirs ?

— Jamais, je le jure. Au début de nos relations, j'ai sympathisé avec elle davantage par pitié que par amour. Je trouvais cruel le sort qui lui était réservé depuis son adolescence, ce mariage d'argent... J'estimais ce procédé lamentable. Cependant, jamais, vous m'entendez, jamais je n'ai cherché à profiter de la situation au cours de mes différents séjours dans leur château. J'éprouvais une amitié véritable pour le *Signor* Albanesi. Bien qu'immensément riche, il était bon et honnête. C'est alors que Violetta s'est mis en tête que je l'aimais et que j'attendais la mort du pauvre Enzo, son mari, pour l'épouser. Lorsqu'elle apprit ma présence à Nice, elle vint m'y rejoindre et m'annonça son veuvage. Constatant que travaillais à ma pièce de théâtre, elle me proposa de me retirer au *castello*. J'acceptai et… vous connaissez la suite de l'histoire.

Il implora la jeune fille du regard.

— Je vous en supplie, Claire, restez avec moi, protégez-moi…

— Comme si vous n'étiez pas capable de vous défendre seul… lâcha-t-elle, d'un ton sceptique.

— Mais je ne pourrai pas éternellement me méfier d'elle ! Un jour, las de ses poursuites incessantes, je capitulerai, dans un moment de faiblesse. Ce jour-là, ce sera la fin de mon indépendance…

Claire se raidit soudain. La nuit de l'orage, Chris avait-il également agi dans un moment de faiblesse ?

Intarissable, il poursuivait sa litanie.

— Si je refuse trop longtemps sa main, ses amis italiens viendront me trouver… et me tueront, pour venger son honneur, qu'ils croieront souillé. Votre famille ne possède pas d'instincts aussi sauvages, j'espère ?

Claire sourit à l'évocation de son père armé d'un couteau, accourant pour laver dans le sang la réputation de sa fille.

Satisfait, Chris se rendit compte qu'il tenait à sa disposition un argument de choc.

— Violetta, dans sa rage effrénée, serait même capable de se rendre à Manchester et de raconter à vos parents toutes sortes de mensonges sur votre séjour à Nice, puis en Italie, en compagnie d'un acteur à la réputation un peu douteuse. Même si vous trouvez la position fort peu enviable, reconnaissez qu'il est préférable de porter le nom de Mme Radford, plutôt qu'une appellation beaucoup moins polie !

Claire frissonna... Comme elle redouterait la réaction de ses parents devant de telles insanités ! Ils ne voyageaient jamais et pensaient que, hors de leur pays, tout n'était que débauche. Peut-être croiraient-ils les ragots de Violetta ?

Une fois de plus, elle se rendit compte à quel point l'image de cette femme rousse les poursuivait, où qu'ils se rendent. Elle revit le tableau et la scène de l'empoisonnement...

Même loin du *Castello*, Chris buvait son calice jusqu'à la lie... Elle seule semblait apte à le sauver.

Devant l'expression tendue de Claire, il prit soudain un air menaçant.

— Vous semblez oublier votre propre intérêt dans ce mariage. Il vous concerne autant que moi, petite hirondelle chérie.

— Cessez de m'appeler ainsi, Chris. Vous ne pensez pas un mot de ce que vous dites !

— Vous devrez vous habituer à ce genre de vocabulaire, il est normal de l'employer entre mari et femme. Je vous ai également fait remarquer que les acteurs utilisaient tous ce terme affectif. Il ne signifie rien de précis...

— C'est la raison pour laquelle je n'aime pas que vous me nommiez ainsi !

— Nous vivons dans deux mondes différents. Vous accordez une importance énorme à la sincérité des êtres et des sentiments, moi, je suis un comédien. Je vis dans un univers de rêve et parfois... de mensonges. Il est des circonstances où le mensonge aide à vivre...

Il se tut un instant. Un navire apparut sur les flots déchaînés, sa carcasse blanche tanguant comme une coquille de noix.

— Un bateau de croisière, fit Chris, pensif. Il part

vers le sud, l'Italie, sans doute... Il doit probablement pleuvoir à Londres.

Il ajouta, prenant une voix mystérieuse, comme pour confesser un lourd secret :

— Quand je vous dis «chérie», je ne peux être plus sincère. Vous êtes la seule femme avec laquelle je supporterais de vivre pour toujours.

Il accompagna sa déclaration d'un regard mi-admiratif, mi-interrogateur. Claire gardait le silence. Comme elle aurait voulu le croire ! Lui crier à son tour son amour ! Au lieu de cela, elle demeurait immobile, n'osant le regarder. Elle choisit l'indifférence.

— Ne vous sentez pas obligé de me courtiser. Je ferai ce que vous désirez... provisoirement. Cependant, je vous demande une chose : cessez de vous moquer de moi, je ne suis pas totalement idiote ! Je sais très bien qu'aucune femme ne pourra vous apprivoiser. Vous êtes aussi insaisissable qu'une anguille !

Il s'éloigna brusquement d'elle, et se mit à fixer le bateau blanc. Durant une seconde, elle se demanda si elle n'avait pas mal agi envers lui, se moquant ouvertement de ses sentiments. Aussitôt, elle se rassura et se rappela son sens aigu de la comédie...

Soudain, Chris lui fit face, une lueur de malice au fond des yeux.

— Je n'aime pas votre comparaison. Certaines anguilles finissent par se laisser prendre... En outre, je n'essaie pas de fuir mes responsabilités, lorsque celles-ci me paraissent séduisantes...

Saisissant cavalièrement son bras, il attira la jeune fille vers l'intérieur du paquebot.

— Le temps se rafraîchit. Rentrons, je vous invite à boire le verre de... l'amitié !

9

Claire prit place dans son fauteuil, face à la scène. Du haut du balcon, elle observait les premiers spectateurs. Certains portaient des tenues très habillées, d'autres sortaient directement de leurs bureaux ou d'un autobus. Exceptionnellement, la jeune fille avait délaissé son tailleur sobre pour revêtir une robe en soie bleue offerte par Chris à Nice. Elle entendait fêter dignement la Première de la comédie mise en scène et interprétée par Cédric Radford. Le même désir animait la foule nombreuse qui se pressait ce soir-là dans le théâtre de Manchester.

Chris avait déposé Claire à la gare de Londres, six semaines auparavant, lui laissant pour tout souvenir une bague magnifique achetée à la bijouterie la plus proche, en toute hâte. De retour à Manchester, la jeune secrétaire avait annoncé la nouvelle de ses fiançailles à ses parents. Ceux-ci furent peinés de son choix, et lui expliquèrent maintes fois les difficultés engendrées par de telles unions. N'appréciant guère les milieux artistiques, ils ne connaissaient pas leur futur gendre, M. Radford.

Durant ces nombreuses semaines, les jeunes gens échangèrent quelques lettres ; le principal sujet abordé par Chris restait inlassablement «Intrusion à Olympe», sa future pièce. Connaissant bien la comédie, Claire répondait aux interrogations de son futur mari, effaçait ses doutes. Elle lui donnait également des nouvelles de son roman, qu'elle complétait un peu chaque soir, seule dans sa chambre. Le héros ressemblait de plus en plus à Chris, l'intrigue à leur propre histoire. Une seule différence persistait : dans la fiction de Claire, le jeune homme déclarait son amour fou à l'héroïne au cours du dernier chapitre... Hélas, son propre mariage avec Chris serait si artificiel ! Elle rougissait en songeant à la part infime de sentiments vrais qu'il représenterait...

Elle réfléchissait souvent aux raisons invoquées par Chris pour l'épouser. Elles ne lui semblaient pas très sérieuses. Etait-ce uniquement pour éloigner Violetta que le célèbre acteur souhaitait se marier à une banale secrétaire ? Peut-être se débarrassait-il ainsi d'une nuée d'admiratrices un peu trop empressées ? Une femme légitime le préserverait de toutes ces furies...

Malgré la répugnance de Claire à tenir ses engagements, elle savourait avec délice les relations qu'elle entretenait avec celui qu'elle aimait.

Elle s'efforcerait de tenir au mieux son rôle auprès de Chris, fût-il éphémère...

Dans ses lettres, il paraissait enjoué et lui témoignait une sincère affection. Cependant, ses confidences ne ressemblaient en rien à des serments d'amour...

Il lui avait fait parvenir gracieusement quelques places pour assister à la Première de sa pièce, formulant le souhait de la rencontrer dans sa loge, une fois le rideau tombé. Il ne pouvait, hélas, la voir auparavant, car les dernières répétitions ne lui permettaient pas de se libérer.

«De plus, écrivait-il, à l'approche des premières, ma compagnie n'est pas toujours des plus agréables...»

Descendu à l'hôtel *Midland*, il attendait avec impatience la visite de sa fiancée et de ses parents. Ils déjeuneraient tous les quatre dans un somptueux restaurant, dès qu'il serait libéré de ses obligations professionnelles...

Claire désirait assister seule à la représentation, se réservant le droit de réagir comme elle l'entendait au jeu de Christopher.

La salle était comble. Parmi la foule se mêlaient de nombreux critiques. Claire avait appris à reconnaître ces personnalités, grâce aux conseils experts de Chris. Comme elle souhaitait que cette pièce fût un succès !

Avec une tension croissante, la jeune fille attendit le lever du rideau. Le silence se fit, les lumières s'éteignirent doucement. Soudain, on sonna les trois coups. «L'Intrusion à Olympe» commençait sa carrière...

Dès le premier acte, Chris apparut sur scène. Sa fiancée l'incitait à produire un chef-d'oeuvre destiné à remporter le premier prix de tragédie. Grâce à l'argent gagné, ils pourraient payer leurs dettes et vivre décemment dans leur manoir décrépit. A la vue du décor représentant cet endroit, Claire sentit son coeur se soulever. L'architecture gothique et l'atmosphère sévère de ces lieux étaient manifestement inspirées du *Castello*... Chris et elle y vivaient paisiblement avant l'arrivée de Violetta Albanesi...

Christopher, mentionné sur le programme sous le nom de Cédric Radford, semblait parfaitement à l'aise dans le rôle qu'il incarnait. Tour à tour débonnaire, incisif, spirituel, il déjouait les plans démoniaques de sa bien-aimée avec une adresse extraordinaire. Bien que familiarisée avec chaque réplique, Claire fut surprise par la justesse du ton employé par les principaux acteurs. Elle dévorait Chris du regard. Comment était-il possible que ce comédien dont les audaces faisaient éclater de rire une salle entière fût son fiancé ?

L'arrivée de Thalie éveilla chez la jeune fille une

jalousie féroce. La jeune et ravissante actrice jouant le rôle de l'héroïne ne pouvait laisser Chris indifférent… Les répétitions quotidiennes établissaient certainement des contacts profonds entre les artistes. Chris parlait souvent de sa partenaire dans ses lettres, précisant combien le succès éventuel de sa comédie serait dû à son duo avec Valérie… Il fallait l'admettre : la jeune actrice possédait un charme envoûtant, si naïf et pourtant si convaincant. Le public l'aimait, l'appréciait pour son talent qui mettait en valeur celui de son partenaire.

Quand Christopher apparut à son bras sous l'ovation des spectateurs enthousiastes, il paraissait radieux, s'inclinant à plusieurs reprises en échangeant avec Valérie des coups d'oeil pleins de complicité attendrie… Celle-ci détacha en riant un bouton de rose d'une gerbe tombée à ses pieds, et le plaça au revers du costume de Chris. Ce geste, sans grande importance chez les comédiens, revêtait soudain aux yeux de Claire une signification troublante…

Une fois les lumières éteintes, la foule se dirigea vers la sortie. Une spectatrice assise près de la jeune Anglaise remarqua, fort satisfaite :

— Quel délice, après tout ce que nous avons dû subir ces derniers temps, au nom de l'art !

Une amie, près d'elle, renchérit :

— Cette pièce n'a aucun sens, bien entendu, mais elle est tellement divertissante ! J'apprécie toujours les comédies de Cédric Radford ! Il sait si bien s'entourer… La jeune Valérie est absolument divine ; je ne serais pas surprise d'apprendre que M. Radford est amoureux d'elle. Cela se lit dans son regard !

Claire sursauta. Elle ne savait plus que faire. Resterait-elle assise sans bouger dans cette salle vide ? Rentrerait-elle chez elle, le cœur meurtri ? Irait-elle courageusement voir Chris dans sa loge ? Optant pour

132

cette dernière solution, la jeune fille descendit vers les coulisses. Un homme en gardait l'entrée. Plusieurs personnes s'étaient déjà glissées auprès des acteurs, les félicitant chaleureusement.

— Puis-je parler à M. Radford ? demanda Claire au puissant gardien qui lui barrait le passage. Je suis...

Elle ne put continuer. Les mots restèrent coincés dans sa gorge. Comment une fille aussi ordinaire pouvait-elle prétendre au titre de fiancée du célèbre acteur ? Cet homme ne la croirait certainement pas.

— Quel nom disiez-vous mademoiselle ?

Elle ouvrit la bouche pour répondre. Avant qu'elle ait pu dire un mot, une voix au timbre suraigu résonna le long du corridor.

— Quelle foule incroyable ! Mais il faut absolument que je voie Ceddie chéri, il m'attend dans sa loge !

Claire sentit son courage s'évanouir.

— Cela ne fait rien, lâcha t-elle, déçue.

Elle regagna mécaniquement la sortie.

Le lendemain, la jeune Anglaise ne put se concentrer sur son travail. Ses collègues connaissaient l'existence de son mystérieux fiancé, mais ne l'avaient jamais vu. Claire cachait son identité. Prétextant un long séjour qu'il effectuait à l'étranger, elle souhaitait ne jamais avoir à le présenter à son patron, ni au personnel de son entreprise. Cependant, elle demeurait pleinement consciente de l'attitude moqueuse des autres secrétaires, qui parlaient ouvertement du fiancé invisible de Miss Underwood. De nombreuses jeunes filles prétendaient ainsi être mariées, portant un anneau trompeur afin de sauver la face devant leurs camarades...

Ce matin-là, Claire se sentait particulièrement déprimée en constatant le silence prolongé de Chris. A chaque sonnerie de téléphone, elle sursautait, saisie d'un espoir immense, avant de sombrer à nouveau dans une profonde mélancolie.

Son bureau était situé au sommet d'un immeuble, au centre du quartier commerçant de Manchester. Elle travaillait au service d'une entreprise de fabrication de papiers peints. Le bureau du directeur, ainsi que celui des secrétaires, se trouvait derrière les salles d'exposition. Les visiteurs s'annonçaient en agitant une lourde cloche accrochée au-dessus de la porte d'entrée.

Aux environs de midi, celle-ci retentit longuement. Un employé se leva de son siège avec nonchalance, refusant d'obéir aux appels impatients de l'intrus.

— Je n'ai pas l'intention de me précipiter pour ouvrir à un tel malappris, marmonna-t-il en traversant la pièce.

Il revint précipitamment, hors d'haleine.

— Miss Underwood, quelqu'un veut vous parler de toute urgence.

Claire quitta lentement sa machine à écrire, arrangeant d'un geste mécanique ses cheveux bruns. Peut-être s'agissait-il d'un client important qui connaissait son nom?

Elle pénétra dans la salle d'exposition et n'en crut pas ses yeux : Chris se tenait devant elle !

Contournant le comptoir, il vint se placer aux côtés de la jeune fille.

— Vous voilà enfin ! s'écria t-il à l'adresse de sa fiancée. Je vous ai cherchée partout. Votre mère... précisa-t-il en esquissant une grimace... m'a fourni le nom de votre employeur. Pourquoi avez-vous disparu hier au soir, après la pièce ?

— Je... n'aimais pas...

Claire parlait doucement, consciente des coups d'oeil curieux de tout le personnel. Même le directeur, M. Robinson, avait passé la tête hors de son bureau, devinant quelques événements inhabituels...

134

— Miss Underwood, il est parfaitement interdit...
commença t-il, en dévisageant Chris.

Puis il reconnut le jeune acteur.

— Est-ce un rêve ? Monsieur Radford, que me vaut
l'honneur de votre visite ?

— Je suis venu incognito, murmura ce dernier, craignant la curiosité générale.

— J'ai vu votre pièce hier soir. Quel succès fou !
Mais... hésita-t-il en remarquant le regard de Chris posé
sur Claire avec insistance. Puis-je faire quelque chose
pour vous ?

Le jeune homme acquiesça.

— Oui, j'aimerais disposer de ma fiancée une heure
ou deux... Elle m'a quittée après la représentation et je
viens lui demander quelques explications.

— Ah, une querelle d'amoureux ! fit le directeur, en
levant les bras au ciel.

Il regardait Claire avec une attention soutenue ; une
expression étonnée se lisait sur son visage. Comment sa
sage petite secrétaire était-elle parvenue à séduire un
homme aussi exceptionnel ? Certes, elle possédait un
physique agréable, s'habillait avec goût, bien que très
sobrement, mais elle se conduisait avec tant de discrétion...

— Miss Underwood est un petit animal sauvage, se
plut à dévoiler M. Robinson. Jamais nous n'aurions
soupçonné ses liens avec une personnalité aussi... grandiose...

Claire se sentit mal à l'aise. Le fait que Chris vienne
la chercher à son bureau la flattait, certes. Le prestige
dont elle jouirait auprès de ses collègues féminines
augmenterait considérablement... Cependant, la jeune
fille redoutait déjà leur réaction, lorsqu'elles apprendraient la dissolution prochaine de leur union... Elle
devrait alors affronter leurs quolibets et leurs sourires

entendus… Quelle raison justifiait un tel empressement de la part du jeune acteur ? Pourquoi la poursuivait-il ainsi jusque chez elle ? Claire imaginait parfaitement la mine hostile de sa mère à la vue de celui qui se prétendait le fiancé de son unique enfant ! L'accueil n'avait pas dû se révéler des plus chaleureux ! Ce n'était pas étonnant que Chris ait fait une grimace en évoquant cet épisode… Pourquoi n'avait-il pas pris soin d'annoncer sa visite au lieu de se précipiter, tel un amant impétueux ?

— Miss Underwood cache bien des qualités sous une apparente timidité, laissa tomber Chris en détachant chacune de ses paroles.

Les yeux pétillant de malice, il poursuivit calmement :

— Ces atouts ne sont pas évidents au premier abord, mais après quelques temps passés auprès de Miss Underwood, on ne peut résister à ses charmes naturels…

«Oh non, pas de discours hypocrites, pensa Claire aussitôt… Pas ici… Pas maintenant !». Jamais elle n'avait éprouvé un tel sentiment de honte !

— Nous ne serons pas très occupés ce matin, conclut M. Robinson, dans un large sourire. Miss Underwood peut disposer de sa matinée comme elle l'entend…

— Je vous remercie, lâcha immédiatement Chris, persuadé que Claire lui obéirait.

La jeune fille prit son sac et sa veste.

— Ma pauvre petite hirondelle, laissa-t-il échapper d'un air contrit pendant qu'ils attendaient l'ascenseur, dans quels mauvais draps vous ai-je mise ? Vous étiez bien plus tranquille avec Mme Cullingford…

— Pas exactement… rétorqua-t-elle, évasive. Toutes mes soirées sont libres, mes parents me voient très souvent… De plus, je me consacre presque exclusivement à la rédaction de mon roman…

Elle parlait sans arrêt, intimidée par ce bel homme qui la regardait fixement. Elle ne devait en aucun cas lui montrer le trouble qui l'envahissait de plus en plus... Cédric Radford dans un décor de papiers peints ! Elle rêvait certainement... Et pourtout, son image séduisante lui souriait...

Claire se ressaisit brusquement.

— Monsieur Radford, vous n'auriez pas dû venir me chercher ici... Maintenant, toutes mes collègues connaissent mon secret et je serai la cible de tous les commérages quand... nous... annulerons notre mariage.

Il attendit de se trouver dans l'ascenseur pour répondre, d'une voix douce :

— Aurez-vous du mal à affronter ces plaisanteries ?

— Je ne tiens pas particulièrement à être ridiculisée par vos caprices.

— Pourquoi ne prenez-vous pas les devants ? Dites-leur que vous m'avez quitté, lassée par mes sautes d'humeur...

— Qui croirait de tels mensonges ?

— Vous me flattez, Miss Underwood. Mais personne n'ignore la vie dissolue que mènent les artistes.

Regardant pensivement la jeune fille, il poursuivit :

— Sincèrement, Claire, je n'aime pas vous voir travailler dans un bureau.

— Je devais absolument trouver un emploi. Qu'espériez-vous donc ? Que je reste tranquillement assise chez moi en attendant votre retour ?

— Avez-vous donc si peu confiance en moi, ma petite hirondelle ? Je n'ai aucune envie de me séparer de vous, ma précieuse collaboratrice... et ma femme, si vous le désirez !

— ...Pour assurer votre protection ! Quelle charmante perspective ! Claire avait pris un ton coupant, alors qu'elle cherchait à dégager son bras de l'étreinte possessive de Chris.

— Parfaitement, mademoiselle. Vous devez me protéger contre les mauvais revers de la fortune… Est-ce la formule que vous employez dans votre roman ?

— Auriez-vous pris le temps de lire mes lettres ? Je pensais que seule votre pièce vous intéressait…

— Je ne vous ai guère consacré mes loisirs, je l'avoue… Mais je songeais à vous chaque jour… Allons prendre un café quelque part. Nous serons plus tranquilles que dans la rue pour parler de notre avenir.

Malgré sa surprise, la jeune Anglaise résistait à la tentation de suivre celui qu'elle aimait. Elle ne devait surtout pas gâcher son bonheur immense ! Chris attirait tant de regards admiratifs ! Les femmes rougissaient à son approche, les hommes pâlissaient d'envie… Habitué à la convoitise de ses pairs, le célèbre acteur marchait sans détourner la tête…

Installés à la terrasse d'un café, ils demeurèrent un instant silencieux. Brusquement, Chris afficha une expression sévère.

— Vous n'avez pas l'air très heureuse de me revoir, petit oiseau. Quel accueil glacial vous réservez à votre futur mari ! En outre, vous n'avez pas daigné me rendre visite après la pièce… Peut-être ne l'avez-vous pas vue ?

— J'en ai apprécié chaque réplique, l'interrompit Claire. Si je ne suis pas venue ensuite, c'est par… peur… d'affronter les gens de votre entourage… Je n'étais pas habillée pour la circonstance et je connais mal l'univers des coulisses…

Le visage dur du jeune acteur se radoucit.

— Pauvre petite fille ! J'aurais dû vous faire escorter… Vous paraissiez toujours si sûre de vous et maîtresse de vos actes que je n'avais pas songé à cette appréhension de votre part. Quel dommage! Je comptais tellement sur votre avis… Celui de mes admiratrices ne m'intéresse pas du tout! Tout ce qui préoccupe ces courtisanes est de m'attirer dans leur lit!

Elle sentit ses joues s'empourprer. Chris la considérait-il comme une créature asexuée, totalement dépourvue de désirs? Ne voyait-il en elle qu'une bonne camarade? Après la nuit passée au château de Violetta, cela semblait impossible… Timidement, elle murmura:

— Acceptez-vous mes commentaires tardifs? Vous avez formidablement joué, Chris.

— Et la comédie elle-même, vous a-t-elle plu?

— J'ai entendu une femme près de moi dire qu'elle avait énormément ri!

— Mais vous, ma chérie, vous préférez les sujets plus sérieux, n'est-ce-pas?

— Je l'avoue, j'aime les oeuvres plus… profondes. Cependant, celle-ci se prêtait à merveille à votre talent.

Le visage de Chris s'assombrit. «Mon Dieu, qu'ai-je dit, songea-t-elle, regrettant déjà sa franchise. L'aurais-je une fois de plus offensé?»

— Ne serais-je, à vos yeux, qu'un pantin frivole et superficiel, incapable d'éprouver des sentiments authentiques?

Prise au dépourvu, Claire rétorqua presque sans réfléchir:

— Je n'ai pas prétendu cela…

— Néanmoins, vous le pensez, ajouta-t-il, sans attendre. Peut-être avez-vous raison… La meilleure façon de faire face à l'absurdité de la vie, c'est d'en rire… de peur de passer son temps à se lamenter sur la condition humaine.

La jeune fille posa sa main sur celle de Chris.

— Nous avons tant besoin de nos comiques, fit-elle, d'une voix câline.

— Les clowns ont parfois un coeur… C'est le lot des comédiens : simuler, coûte que coûte !

Chris but une gorgée de café, reposa la tasse et prit un air pensif et lointain. Rêvait-il à Valérie ? Etait-il amoureux de la belle actrice ? Ces états d'âme ne ressemblaient guère au jeune auteur qui considérait généralement les romances avec légéreté…

Sortant de sa rêverie, il déclara brusquement :

— Quand nous marions-nous ?

— Que dites-vous ? lâcha Claire, incrédule.

— Vous avez parfaitement entendu.

— J'espérais ne pas parvenir à cette extrémité…

— Vraiment ?

Le regard vif de Chris chercha celui de sa compagne et ne le quitta pas. Devant sa consternation, il se radoucit.

— Laissez-vous convaincre, petite hirondelle. Je veux vous sortir de votre emploi sans avenir, de votre logement sordide.

— Je suis habituée à cette vie. J'ai grandi dans ce milieu, je n'éprouve aucune honte à…

— Cela vous honore, ma chérie, l'interrompit-il. Je ne suis pas snob, mais il me semble que vous méritez une vie meilleure, voilà tout. Je vous offre mon nom et ma fortune, si vous acceptez de devenir ma femme…

Claire éclata d'un rire clair.

— Je connaissais votre réputation de générosité, monsieur Raines, mais n'allez-vous pas un peu loin ?

La jeune fille jouait nerveusement avec sa cuillère. Elle décida de changer de conversation.

— Avez-vous des nouvelles de la *Signora* Albanesi ?

— Pas récemment…

— Peut-être a t-elle cessé ses poursuites assidues ?

— Rien n'est définitif avec une femme pareille, déclara-t-il en tournant vers elle des yeux plein de malice. Elle peut très bien arriver demain chez moi…

La jeune Anglaise soupira profondément. Pourquoi Chris invoquait-il de telles excuses ? Il n'y croyait pas lui-même et ne pouvait espérer convaincre Claire… Cependant, cette situation ambiguë ne déplaisait pas à la jeune secrétaire. Elle prolongeait son sursis auprès de celui qu'elle adorait en secret. Elle aimait sentir ses regards protecteurs, ses moues énigmatiques et profitait de chacun des instants passés à ses côtés. Sa richesse la laissait indifférente, peu habituée au luxe et au gaspillage… A plusieurs reprises, elle avait envisagé sa vie dans un *castello*, mais elle chassait cette pensée rapidement. Les souvenirs liés à cette demeure étaient trop pénibles…

Tout à coup, Claire leva vers Chris un regard interrogateur.

— L'actrice qui incarnait Thalie est vraiment très belle…

Le visage de son compagnon s'éclaira aussitôt.

— Valérie ? Elle est charmante, en effet. Elle vous ressemble, elle possède cette fraîcheur, cette spontanéité, qualités si rares chez les femmes, aujourd'hui…

— Mais, nous sommes si différentes !

— J'oubliais ! Vous êtes unique, petit oiseau…

— Oh, ne vous moquez pas de moi, c'est cruel…

— Je ne plaisantais pas. Je n'ai jamais rencontré une jeune fille aussi exceptionnelle que vous.

Claire ne pouvait parler, interloquée. Qu'avait-elle de si extraordinaire ? Depuis son séjour en Italie, elle avait même perdu cette naïveté qui plaisait tant à Chris…

Le jeune homme afficha un air mystérieux, avant de poursuivre gravement :

— La pièce devrait se jouer longtemps. Elle a pris un

bon départ à Manchester… Auriez-vous, par hasard, lu quelques critiques ?

Elle secoua la tête. Elle lisait rarement les journaux. Alf Underwood n'achetait que des magazines sportifs qu'elle n'ouvrait jamais…

— Une épouse d'acteur doit se tenir au courant des réactions qui accompagnent une nouvelle production ! Habituellement, nous nous précipitons sur le moindre article la concernant. Les critiques sont des personnages si dangereux ! Ils brûlent ou adulent une œuvre avec la même facilité, tenant notre succès en équilibre au bout de leur plume… Pour le moment, «Intrusion à Olympe» semble trouver grâce à leurs yeux et nous l'interpréterons à Londres à partir de la semaine prochaine. J'aimerais beaucoup vous avoir à mes côtés…

Claire gardait le silence. Une résolution prenait forme dans son esprit troublé. L'univers théâtral et ses valeurs artificielles ne correspondaient pas à sa nature simple. Elle serait toujours étrangère à ce milieu si différent du sien…

— Nous interromprons la pièce à Noël, continua le jeune homme, d'une voix résolue. Nous pourrions profiter de ces quelques jours pour nous marier. Qu'en pensez-vous, Claire ?

— Non ! Elle ôta brusquement la bague de son doigt délicat et se leva d'un bond.

— Je n'en peux plus ! Je refuse de continuer cette… farce, Chris ! Si vous tenez absolument à trouver une femme qui vous serve d'alibi, ne comptez pas sur moi… Pourquoi ne demandez-vous pas à Valérie ? Elle sera parfaite dans ce rôle ! Moi, je capitule !

D'un mouvement agile, elle contourna la table, dans la ferme intention de se sauver. Avant qu'elle ait pu esquisser le moindre pas, un bras puissant immobilisa son poignet.

— Asseyez-vous, ordonna Chris, d'une voix tranchante.

Claire frissonna. Jamais elle n'avait entendu le jeune auteur lui parler sur un ton aussi sévère.

— Je me donne suffisamment en spectacle sur scène tous les jours sans faire une représentation supplémentaire dans la rue ! Ramassez votre bijou et dites-moi calmement ce qui vous tourmente.

Claire regarda autour d'elle et se rendit compte que sa conduite vive n'était pas passée inaperçue chez les autres clients de l'établissement. Ceux-ci parlaient à voix basse en désignant le jeune couple. Soudain honteuse, la jeune fille se rassit doucement, tout en massant sa main endolorie. Elle ne toucha pas à la bague, qui trônait entre eux sur la table, comme un gage jeté par les deux adversaires d'un duel… Pour la première fois, les yeux de Chris ne reflétaient aucune trace de malice. Son regard imperturbable fixait intensément celui de sa compagne et ses lèvres minces dessinèrent un pli sévère.

— Alors, Miss Underwood, qu'avez-vous à me dire ?

Sa voix brisa le coeur de Claire.

— Je… ne vous ai pas vu depuis… très longtemps…

— Je suis désolé, j'aurais tant aimé vous rendre visite, mais vous savez, ou plutôt non, vous ignorez ce que représente la production d'une oeuvre dont vous signez les dialogues, la mise en scène et interprétez le rôle principal.

— Je ne vous reproche pas cela, coupa Claire d'une voix douce. J'essaie simplement de vous expliquer que nous ne nous sommes pas vus depuis six semaines… et que… je ne vous reconnais plus… Hier soir, j'ai découvert Cédric Radford, et cet homme est si différent de Christopher Raines !

143

— Ne soyez pas stupide ! Le rôle que je tenais hier dans la pièce est un pur produit de mon imagination d'auteur. Il ne me viendrait pas à l'esprit de comparer l'héroïne de votre roman avec Claire Underwood !

— Elle me ressemble pourtant étrangement… Vous seriez surpris en lisant la suite de mon ouvrage… Nous vivons dans deux mondes si dissemblables !

— Nous nous rapprocherons considérablement lorsque nous vivrons ensemble… comme nous le faisions au *castello*.

— Je n'étais que votre secrétaire, fit-elle remarquer.

— Ne vous ai-je pas traitée comme une amie ?

— Les circonstances étaient différentes…

— Vous vous dérobez. Je ne saisis toujours pas les raisons d'une telle froideur à mon égard.

Un éclair de colère perçait sous son regard d'ambre. L'animal apprivoisé redevenait tigre… La jeune fille devait répondre à cette accusation.

— Mon attitude envers vous n'a pas changé… Mais je n'ai plus la force de simuler un faux mariage !

— Il tient uniquement à vous que cette union dure toujours.

Claire ouvrit des yeux immenses. Avait-elle bien entendu ? Quel jeu jouait-il encore ? Ce Don Juan parlait-il sérieusement ? Impossible ! Elle ne serait pas dupe de telles plaisanteries de mauvais goût. Ne l'avait-il pas assurée à plusieurs reprises de son hostilité à fonder un foyer ?

— Je ne vous suis plus, Chris. Vous faites preuve de trop de subtilité pour moi. Une chose demeure certaine : vous êtes le dernier homme auquel je songerais pour me marier. Je choisirais certainement quelqu'un de plus stable que vous, monsieur Radford. Je vous en prie, cessons cette comédie absurde.

Il détacha son regard vif de celui de Claire. Le silence

s'installa, comme une plaie ouverte, entre les deux partenaires de cette lutte sans merci.

— Est-ce vraiment votre souhait ? lâcha t-il enfin.

— Oui, rétorqua t-elle, d'une voix tremblante.

— Très bien, conclut-il avec un petit rire nerveux. Je ne compterai plus sur votre aide précieuse, hirondelle sauvage... Me voilà à nouveau tout seul ! Jamais je ne vous aurais crue si dure... N'avez-vous donc pas de coeur ? Au fond, peut-être est-ce plus sage ainsi... Vous avez raison, les comédiens font de piètres maris...

Chris plaisantait enfin sur son propre sort et ressemblait à nouveau à l'homme qu'elle aimait.

— Vous vous débrouillerez parfaitement sans moi, comme vous le faisiez avant de me rencontrer..., renchérit-elle.

— Etiez-vous seule pendant ces six semaines ?

— Oui. Ne vous inquiétez pas, personne n'est indispensable !

Il lui tendit la bague.

— Mettez-la. Cela vous évitera des explications pénibles à votre bureau...

Claire obéit, sachant combien il devinait ses réactions. Il lui serait insupportable d'affronter la curiosité de ses collègues...

— Un jour ou l'autre, vous devrez vous expliquer sur votre rupture. Mais il est trop tôt... Gardez ce bijou en signe... d'amitié pour moi. En outre, je vous dois votre salaire de ce dernier mois. Avant, vous me rappeliez à mes tâches matérielles...

La jeune fille ne put prononcer une parole. Il était trop tard pour tout avouer à Chris... Par sa propre faute, elle réduisait à néant ses chances de déclarer son amour à l'homme qu'elle adorait plus que toute personne au monde. Comme elle mourait d'envie de se précipiter dans ses bras puissants, comme elle l'avait fait cette nuit d'orage, au château !... Au lieu de cela, elle quitta la café, non sans jeter à Chris un dernier regard éperdu. Elle avança dans la rue, tel un automate, évitant instinctivement la circulation dense. Qui prêtait attention à elle, pauvre créature meurtrie, déambulant piteusement dans les ruelles étroites de Manchester ? Elle s'immobilisa devant une affiche annonçant la pièce de Cédric Radford. Sans doute cela resterait-il la dernière image qu'elle garderait de son impossible amour...

10

Claire réintégra son bureau dans l'après-midi. Personne ne lui fit de réflexion et la jeune fille se mit rapidement au travail. Heureusement, il y avait beaucoup à faire, ce qui ne laissait guère de temps à ses collègues pour lui poser des questions indiscrètes. Cependant, les regards entendus qui croisaient souvent ceux de Claire suffisaient à la mettre mal à l'aise. Il était évident que l'ensemble du personnel évoquait sa liaison avec un acteur célèbre... Que pouvaient-ils tous en penser ? Comme ils se moqueraient d'elle, s'ils connaissaient la fin orageuse de leur idylle de courte durée !... Lorsque Claire fit part à son patron de son désir de rester après les heures de service afin de rattraper son retard, celui-ci lui décocha un coup d'oeil malicieux.

— Gardez donc votre temps précieux pour le consacrer à votre soupirant...

— Les acteurs travaillent tard dans la soirée... répondit-elle évasivement.

— Je n'aimerais pas exercer ce métier, grommela le vieil homme. Que faites-vous, toute seule ? Vous n'allez donc jamais danser ?

— Jamais.

Lorsque sa mère lui demanda des nouvelles de son fiancé, Claire se souvint brusquement de la visite de Chris chez ses parents.

— Ton amoureux t'a-t-il trouvée ? Quand je l'ai vu, j'ai eu un choc ! Je le prenais pour l'électricien. Je lui ouvre la porte, le balai à la main, mon foulard sur la tête...

— Cela n'a aucune importance, maman...

Dans d'autres circonstances, elle aurait prêté attention à la manière dont sa mère avait reçu le jeune homme. Maintenant, elle s'en moquait. Jamais elle ne s'était sentie plus proche d'Annie Underwood, cette personne pleine de bon sens, qui n'avait pas totalement pardonné à sa fille son départ à l'étranger. Elle était leur unique enfant... Contrairement à son épouse, Alf Underwood remarqua aussitôt en rentrant chez lui le trouble de la jeune fille. Il décela immédiatement son visage tendu et ses traits tirés.

Au cours du repas, tous observèrent un silence religieux. Profitant du départ de sa femme dans la cuisine, M. Underwood interrogea Claire :

— Qu'est-ce qui ne va pas, ma chérie ?

Dire la vérité la soulagerait peut-être...

— Chris et moi avons décidé de nous séparer. Ce mariage ne pouvait se conclure. Nous appartenons à deux milieux si différents !

— Il ne veut plus de toi ? tonna Alf, d'une voix menaçante. S'il t'a blessée, je me promets de lui faire regretter sa conduite... Acteur célèbre ou non, il n'a pas le droit de traiter ainsi ma petite fille !

Malgré elle, Claire sourit. La scène de la vendetta aurait-elle effectivement lieu ? Elle apporta aussitôt un démenti à l'imagination trop fertile de son père.

— Rien de cela ne s'est produit. Je suis entièrement responsable de cette rupture. Maman et toi m'avez sans cesse mise en garde contre les risques que présentent une telle union... Aujourd'hui, je me rends compte à quel point vous êtes lucides. Cependant, je l'aime tant...

148

— Si cet individu s'est mal comporté…

— Non, papa, il a toujours été très correct. Tu ne peux pas comprendre…

Trop d'éléments inconnus échappaient à M. Underwood. Il faudrait tout lui expliquer… Malgré son immense désir de se confier à celui qui l'avait vue grandir, Claire manqua de courage. Comment lui raconter la *Signora*, le *castello*, leur voyage à travers la France… Tout cela paraissait si insensé… Soudain, elle fit part à son père de son projet de quitter Manchester.

— Tu as trouvé du travail à présent, papa, tu n'as plus besoin de mon aide. J'aimerais partir et chercher un autre emploi. Bien entendu, je reviendrai vous voir souvent.

Le regard du vieil homme était rempli de compassion.

— Pauvre chérie, comme tu as dû souffrir ! Rassure-moi : tu ne repars pas à l'étranger ?

La réponse de Claire surgit, telle une flèche.

— Oh non, j'ai eu ma part d'exotisme !

Deux jours s'écoulèrent après la Première de la pièce de Chris. Une fois, Claire fut tentée d'acheter un billet pour retourner voir « Intrusion à Olympe ». Au dernier moment, elle recula devant la crainte d'affronter la colère du jeune homme. Cette rencontre ne pourrait que raviver sa blessure. Comme il lui tardait que Chris parte à Londres ! « Loin des yeux, loin du cœur », disait le proverbe… Pour l'instant, son souvenir était trop vivace et M. Underwood ne cessait de tempêter contre cet « individu », responsable du chagrin de sa fille.

Le dimanche suivant, elle décida de passer la journée à la campagne. Il faisait beau et la jeune Anglaise aimait parcourir la forêt en automne. Elle ne se lassait pas de contempler les teintes ocres et chaudes des arbres. Contre toute attente, son père ne se joignit pas à elle, attiré par un match de football important.

Seule, Claire se promena au hasard sur les chemins forestiers, se remémorant son enfance. Que de fois elle avait foulé ce sol humide, lors de la traditionnelle promenade dominicale de la famille Underwood.

La terre jonchée de feuilles mordorées craquait sous ses pas délicats. Au loin, les collines mauves découpaient leurs formes harmonieuses sur le bleu du ciel !...

Assise sur une souche d'arbre, Claire promenait son regard sur le pré qui lui faisait face et où paissaient de puissantes vaches laitières. Peu de gens fréquentaient cet endroit champêtre, et elle n'eut aucun mal à s'aménager un coin tranquille pour déjeuner. Elle sortit plusieurs sandwiches de son sac et se mit à les dévorer de bon appétit. Le calme environnant ajoutait à la quiétude de cette retraite privilégiée. Un couple de promeneurs avançait nonchalemment dans sa direction...

Tous deux vêtus de vestes confortables et de bottes, semblaient bavarder gaiement. Soudain, le cœur de Claire battit à tout rompre. Elle reconnut Christopher Raines, donnant galamment le bras à... Valérie ! Prise de panique, la jeune fille se leva d'un bond agile et courut se cacher derrière un énorme chêne. Dans sa précipitation, elle n'aperçut pas la racine traîtresse qui s'étalait devant elle, emprisonnant son pied... Elle trébucha, se tordant la cheville. Au cri de douleur qu'elle ne put retenir, les deux promeneurs se ruèrent vers elle pour la secourir.

— Mon Dieu, mais... c'est ma petite hirondelle ! s'exclama Chris dont la surprise semblait presque feinte. Comment vous sentez-vous, chérie ?

— Oh, je me suis un peu tordu le pied, voilà tout...

Elle essaya de se lever. Ses jambes flageolèrent et elle s'écroula à nouveau sur les feuilles pourpres. Le jeune homme s'agenouilla près d'elle.

— Vous permettez ?

150

Il massa doucement le membre endolori, remontant délicatement le pantalon de toile.

— Je pense qu'il s'agit d'une entorse, fit une voix au timbre agréable.

Claire reconnut l'héroïne de « Intrusion à Olympe ».

— Il faudrait lui appliquer une compresse d'eau fraîche. Pouvez-vous la porter jusqu'à la maison, Chris ? Il y a tout le nécessaire, là-bas... poursuivit l'actrice.

— Oh non, protesta Claire. Je peux marcher, il suffit que je trouve un bâton...

La dernière des humiliations serait d'accepter l'hospitalité de Valérie...

— Ne soyez pas stupide, chérie. Les hirondelles aux ailes cassées ont bien du mal à voler. La famille de Valérie habite à deux pas. Laissez-moi vous y conduire.

Avant qu'elle ait pu soulever la moindre protestation, la jeune fille se sentit enlevée par des bras fermes et musclés.

— Oh, excusez-moi, j'oubliais... Claire, je vous présente Valérie Hall, ma partenaire sur scène. Valérie, voici Claire Underwood, mon ex-secrétaire.

— Je suis enchantée de faire votre connaissance, déclara la comédienne d'un ton enjoué. Chris m'a tellement parlé de vous...

Comment ? Claire rêvait-elle ? Le célèbre auteur avait daigné mentionner son existence à cette exquise créature, encore plus charmante au naturel que sur les planches ? Sa grâce et sa séduction rendraient n'importe quel homme amoureux fou...

Claire n'avait pas le choix. Ne maîtrisant plus ses mouvements, elle n'avait pas d'autre solution que de suivre ses deux sauveteurs...

Pendant le trajet, elle ne put réfréner un frisson. Se trouver à nouveau dans les bras protecteurs de Chris ! Quel événement inespéré ! Sans aucun effort apparent, ce dernier transportait le corps souple de Claire le long du chemin menant à la maison des Hall. Bâtie dans une clairière, la demeure de style ancien témoignait de l'époque lointaine où les riches industriels du coton avaient établi leur domaine dans cette région de l'Angleterre. De larges colonnes soutenaient la façade imposante. Chris déposa son frêle fardeau sur une banquette, dans la salle à manger somptueusement meublée. L'atmosphère confortable renforçait l'aspect chaleureux des lieux. Dans la cheminée, de grosses bûches se consumaient doucement... Un épagneul vint se frotter amicalement contre les jambes étendues de la blessée.

— Descend, Buster, ordonna Valérie. Tu sais parfaitement que tu n'as pas le droit.

Claire découvrit plus tard le terrain entourant la propriété où M. Hall s'adonnait à l'un de ses passe-temps favoris : le jardinage. Il aimait également peindre les magnifiques paysages de la région. Quelques tableaux égayaient les murs du salon de leurs teintes vives. Mme Hall écrivait des nouvelles. Tous possédaient de solides talents créateurs.

Valérie vint s'agenouiller près de la jeune fille et lui ôta sa chaussure.

— Hannah va s'occuper de votre entorse. Elle sait tout faire. C'est elle qui m'a élevée, et nous l'avons toujours gardée près de nous. Nous l'aimons tant... Ensuite, nous déjeunerons. Vous restez avec nous, Claire, n'est-ce pas ? Vous permettez que je vous appelle par votre prénom ?

— Bien sûr... mais...

— Vous n'avez pas le choix, petit oiseau. Vous ne pourriez pas fuir bien loin avec votre handicap, coupa Chris.

Après leur dernière entrevue, elle s'étonna de la

décontraction affichée par le jeune homme. Il semblait heureux de la retrouver, mais leurs rapports demeuraient purement amicaux. Aux côtés de Valérie, la petite secrétaire n'avait plus la moindre chance de le séduire. Elle n'était qu'un souvenir du passé…

Hannah, toujours agile malgré son grand âge, entoura le pied de l'invalide d'une compresse rafraîchie. Elle apporta ensuite le repas sous forme de plats simples, mais admirablement composés. Chacun choisissait ce qui lui plaisait parmi les diverses salades et assiettes de viandes froides… Claire se fit servir gracieusement par Valérie… Mme Hall se joignit à eux, avec un sourire accueillant. Claire la trouva très belle et envia sa vie sereine et son épanouissement… Elle paraissait si comblée, si détendue !

Ils parlèrent et plaisantèrent beaucoup, Chris faisant preuve de son esprit habituel. Claire essayait de participer à cette réunion joviale et chaleureuse, mais son coeur était trop lourd… Cette famille d'artistes semblait avoir pleinement adopté Chris. Soudain, elle se sentit totalement étrangère à tous ces gens, tandis qu'inévitablement, ils en venaient à évoquer la pièce.

— Je ne comprends pas comment vous avez pu supporter de vivre avec Chris quand il écrivait son chef-d'oeuvre, plaisanta Valérie à l'adresse de son invitée. Habituellement il est horrible et désagréable dans ces moments-là… Comme vous devez être patiente !

— C'est exact, confirma Chris. Rien ne l'effraye, pas même les orages…

Ses yeux rencontrèrent ceux de la jeune fille qui s'empourpra. Pourquoi se sentait-il obligé de faire allusion à cet épisode ? Elle remarqua l'attention soutenue avec laquelle il la dévisageait, et elle eut la pénible sensation qu'il la comparait défavorablement à Valérie.

Les deux comédiens passaient la journée chez les

Hall, et ils décidèrent de raccompagner Claire à Manchester dans la soirée à bord de leur automobile. Ne pouvant esquisser le moindre pas, elle accepta leur offre et les remercia vivement. Cependant, elle aurait tant aimé se soustraire au regard critique posé sur elle en permanence !

Après avoir débarrassé la table, Hannah insista pour que Claire se repose un peu. Elle trouvait la blessée si pâle ! Mme Hall retourna dans son bureau et les deux acteurs sortirent dans le jardin. Leurs rires clairs résonnaient jusque dans la pièce, puis cessèrent brusquement. Claire ne bougeait pas, tentant vainement de chercher le sommeil. Comme elle désirait rentrer chez elle au plus vite, ne plus subir cette torture morale ! La vue du bonheur de Chris et de Valérie la faisait tant souffrir… Elle avait eu raison de rompre avec cet individu qui s'était si rapidement consolé avec une autre !

Une ombre passa soudain devant la fenêtre et se dirigea vers la porte d'entrée… Chris entra et s'avança vers elle. Il s'immobilisa, s'appuyant sur l'accoudoir.

— Je suis désolée de vous causer tant de dérangements… balbutia-t-elle.

Il ignora ses excuses.

— Vous semblez souffrante, ma chérie. Etes-vous dans votre état normal ?

— Moi, bien sûr ! Pourquoi voulez-vous que je ne le sois pas ! Je suis toujours un peu pâle, c'est ma nature.

— Vous devriez voir votre visage ! Vous êtes exsangue !

Il se redressa et glissa les mains dans les poches de sa veste. D'un air absent, il remarqua :

— J'ai vu votre père, vendredi soir.

— Vous… mon père ?

Dans sa surprise, Claire fit un bond sur le sofa, réveillant la douleur qui étreignait sa cheville.

— Restez calme et écoutez-moi… C'est un homme formidable, vous savez ! Un vrai personnage de théâtre ! J'ai cru qu'il se jetterait sur moi pour me trucider !

Claire ouvrit de grands yeux étonnés.

— Mais… pourquoi ?

— Il m'accusait d'avoir brisé votre coeur.

La jeune fille poussa un cri d'horreur.

— Oh, non !

— Votre comportement ne lui laissait aucun doute. Il est vrai que vous paraissez un peu triste et morose…

Contournant le divan, Chris déplaça doucement les jambes de la jeune fille pour s'asseoir à ses côtés.

— Pourquoi vous êtes-vous conduite de la sorte ? Il n'était pas nécessaire de nous faire du mal à tous les deux…

— Vous faire du mal ? Mais tout cela vous est tellement égal…

Regardant Claire dans les yeux, Chris répondit simplement :

— Cela ne m'est pas égal. Ma chérie, ne comprenez-vous pas que je ne peux plus me passer de vous ? Vous ne pouvez pas soupçonner à quel point vous m'avez manqué ! Vous étiez si dure avec moi… le dernier homme que vous prendriez pour époux ! Je me suis plié à votre jugement. Je connais mes lacunes en matière de déclaration d'amour. Après une tentative lors de notre voyage en France pour vous avouer mes sentiments, je n'ai plus osé vous en reparler… Craignant de vous blesser, j'ai évoqué un mariage blanc, espérant vous obliger à fléchir… Mais je n'ai fait qu'envenimer nos relations déjà tièdes. Puis vous avez définitivement rompu, l'autre jour, au café…

Claire ne pouvait prononcer la moindre parole. Elle regarda fixement le jeune homme, se ressaisit, puis murmura :

155

— Vous désirez… sérieusement… un mariage ? Avec des enfants… ?

— Par la suite, peut-être… Pour l'instant, je préfère limiter notre famille à un couple, si vous n'y voyez pas d'inconvénients…

— Je ne sais jamais quand vous plaisantez, lâcha Claire, riant et pleurant à la fois.

— Mais je suis très heureux. On ne plaisante pas avec ces sujets-là. J'ai beaucoup réfléchi. Je me suis fiancé pour tester votre réaction. Devant votre réticence à accepter ma proposition, je ne me nourrissais plus d'illusions. Surtout depuis notre dernière entrevue.

— Vous avez préféré vous consoler avec Valérie…

— Valérie ? C'est une amie, rien de plus. Sa file d'admirateurs s'étend sur plus d'un kilomètre… et, je déteste faire la queue…

Sa voix devint plus grave et ses yeux brillèrent de malice tandis qu'il poursuivait :

— Petite hirondelle, cessez de vous torturer et de vous poser trop de questions. Laissez-vous aller à vos sentiments.

Ses bras attirèrent la fragile jeune fille et il la pressa contre sa poitrine, lui faisant oublier ses blessures morales et physiques. Claire avait tant attendu cet instant ! Leurs lèvres se joignirent en un baiser sans fin…

La nuit commençait à tomber quand Valérie poussa précipitamment la porte du salon, en s'exclamant joyeusement :

— Que diriez-vous d'une tasse de thé avant de reprendre la route ?

Elle s'immobilisa, surprise, devant le jeune couple enlacé.

— Oh, pardon ! poursuivit-elle en souriant. Ainsi, tout est arrangé ? Serai-je demoiselle d'honneur ?

156

Claire se dégagea de l'étreinte de Chris, rougissante et ravie.

— Bien sûr, si cela vous fait plaisir ! Quelle chance extraordinaire de vous avoir rencontrés dans la forêt !

Les deux comédiens se regardèrent avant d'éclater de rire.

— Ce n'était pas exactement de la chance... expliqua Chris. Nous sommes passés chez vous en venant ici et votre père nous a indiqué le lieu de votre promenade solitaire... Nous vous cherchions lorsque vous vous êtes blessée à la cheville.

Valérie renchérit, enthousiaste.

— Vous avez effectué un véritable miracle ! Apprivoiser un fauve tel que Chris Raines ! Nous commencions à désespérer de le voir se marier un jour !

— C'est tout le contraire, s'empressa d'ajouter le jeune acteur, glissant tranquillement une main dans ses cheveux noirs. L'animal sauvage et indomptable n'est pas toujours celui que l'on croit ! Il m'a fallu recourir à un chantage, puis à un orage pour pouvoir prendre dans mes bras ma petite hirondelle. Ensuite, elle s'est à nouveau échappée... Quel être étrange et imprévisible...

Tournant vers Claire un regard affectueux, il conclut, ému.

— Cette fois, la poursuite est terminée. J'ai capturé mon oiseau rare et ne le lâcherai plus !

— Vous êtes incorrigible, Chris, déclara Claire, en riant. Mais je n'avais également jamais rencontré auparavant un homme tel que vous !

— Je l'espère ! lança-t-il, avec bonne humeur. Je suis content de constater combien vous appréciez ma personnalité hors du commun !

Valérie sortit, prétextant de préparer le thé. La jeune fille se pencha doucement vers Chris.

— Vous ne m'avez pas encore dit que vous m'aimiez...

— Mon hirondelle adorée, sans doute ce curieux sentiment inexplicable que j'éprouve pour vous se nomme-t-il l'amour ! Je ne l'avais jamais ressenti auparavant. Vous devez m'apprendre à l'exprimer avec des mots. Vous les maniez en experte, n'est-ce pas ?

— Je ne pense pas écrire une ligne de plus, avoua-t-elle en soupirant.

— Bien sûr que si, Claire, des centaines d'autres ! Vous et moi sommes nés pour cela... Violetta ne s'était pas trompée sur votre compte...

En entendant ce prénom, elle frissonna. Son visage s'assombrit brusquement.

— Cette Italienne a-t-elle été votre maîtresse ? Vous y avez fait allusion un jour...

— Vraiment ? Oubliez tout ces mensonges. J'ai dit tant de bêtises ces derniers temps... Je voulais vous impressionner, rien de plus. Je dois admettre que Violetta et moi avons presque eu une liaison. Cependant, je me suis rendu compte à temps que ma vie deviendrait un enfer. La *signora* Albanesi étouffe totalement les gens de son entourage ! De plus, jamais je ne l'aurais laissée jeter des pierres à mon petit oiseau qui vaut dix fois mieux qu'elle...

— Elle est si belle...

— Mais quel volcan en éruption ! Il est pratiquement impossible de s'entendre avec de tels tempéraments de feu ! Ce que j'aime en vous, c'est votre calme et votre douceur...

Une lueur d'infinie tendresse traversa les beaux yeux du jeune homme.

— Il n'est pas aisé de vivre à mes côtés non plus, ma chérie. Vous avez dû vous en rendre compte. Pensez-vous pouvoir vous accommoder du saltimbanque qui se

158

met à vos genoux ?... Pour toute une vie ?

— Je prends le risque, promit Claire, au comble du bonheur.

Elle conclut en se blotissant dans ses bras puissants.

— Une chose est certaine, Chris, je ne peux plus vivre sans vous...

Achevé d'imprimer en octobre 1983
sur les presses de l'Imprimerie Bussière
à Saint-Amand-Montrond (Cher)

— N° d'imprimeur : 2075. —
— N° d'éditeur : 27. —
Dépôt légal : décembre 1983.
Imprimé en France